A vida longa dos vermes

Paulo Santoro

A vida longa dos vermes

Varanda

PRODUÇÃO EDITORIAL: Varanda
PREPARAÇÃO DE TEXTO: Eliane de Abreu Santoro
REVISÃO: Taciana Vaz
PROJETO GRÁFICO E EDITORAÇÃO ELETRÔNICA: Claudio Tito Braghini Junior
CAPA: Renata Ueda (composição) e Claudio Tito Braghini Junior (finalização)
ILUSTRAÇÃO DE CAPA: Darius
IMPRESSÃO: Bartira Gráfica e Editora

Texto em conformidade com as novas regras ortográficas do acordo da língua portuguesa.

Dados Internacionais de Catalogação na Publicação (CIP)
(eDoc BRASIL, Belo Horizonte/MG)

S237v
Santoro, Paulo, 1972-.
A vida longa dos vermes / Paulo Santoro. – São Paulo (SP): Varanda, 2015.
256 p.: 14x21 cm

ISBN 978-85-5685-000-3

1. Ficção brasileira 2. Literatura brasileira – Romance I. Título.

CDD-B869.3

1ª edição • dezembro • 2015

www.paulosantoro.com

Para um ser que pudesse viver mil anos, o mundo talvez se apresentasse como algo menos absurdo do que para nós.

Ernesto Sábato

E, mesmo que alguém vivesse duas vezes mil anos, não veria a felicidade; não vão todos para o mesmo lugar?

Eclesiastes

Prólogo

A porta aberta trazia para fora da casa uma mistura de vozes. Às vezes se ouvia, no meio do murmúrio, uma cadência de palmas. Malas enormes empilhavam-se no alpendre.

O menino havia se recusado a participar daquilo e esperava cabisbaixo, sentado na calçada, as perninhas estendidas. Olhava para as residências vizinhas, onde moravam seus amigos. Seu coração sentiu alguma ternura até pelo mais indócil daqueles moleques.

O ruído lá de dentro cessou e os convidados começaram a sair pela porta da frente. Alguns vinham com os olhos vermelhos, mas a maioria apenas sustentava feições severas.

Dois deles abaixaram-se para afagar o menino, que se encolhia defensivamente. Os que vieram em seguida já não o incomodaram: foram todos caminhando, subindo ou descendo a calçada, enquanto aparecia, detrás do portão baixo da casa em frente, uma menina contemplativa.

Ela atravessou a rua com muita serenidade, aproximou-se e se ajeitou no chão perto dele, que simuladamente relaxou os músculos do rosto vermelho.

— Estava chorando?

— Não — ele respondeu depressa.

— Volta para visitar a gente?

A resposta demorou bastante tempo, mas a menina esperou até ouvi-la:

— Nunca mais.

— Por quê?

— Porque a gente não pode. A gente tem que viajar para longe e não voltar mais.

Ela não continuou. Seus lábios tremeram, a fala cativa. Quando percebeu que vinha alguém lá de dentro, achou melhor se despedir:

— Vou sentir sua falta. Mamãe também. Se conseguir, venha um dia.

O homem que apareceu do interior da casa esperou a vizinha cruzar de volta a rua. Respirou para conter certa agitação e olhou o garoto bem do alto. Em seguida agachou-se desastradamente, como se ainda pensasse ser criança, para se sentar de forma torta ao lado dele, as pernas grandalhonas mal esticadas, sem o jeito de menino.

— Meu querido, você já tem condições de entender tudo isso. Nós somos diferentes. Você ainda não, mas eu, sua mãe, seu avô, nós não podemos continuar. A situação vai ficando difícil. Já faz mais de dez anos que moramos aqui...

O menino sacudiu a cabeça com impaciência, demonstrando que sabia muito bem tudo aquilo.

— Você acha que não terá novos amigos lá também? — continuou o pai.

— Também não tenho muitos amigos aqui.

— Mentira. Claro que tem.

— Não são legais comigo.

— Você só é um pouco mais sensível e pensa que não. Molecada é desse jeito, um fica aprontando com o outro, mas no fim são sempre amigos.

— Eu sei — experimentou com diplomacia. — Eu me viro.

— Sabia de uma coisa? Lá você vai ter colegas como nós. Você não vai precisar se separar deles.

— Eu não estou triste porque vou me separar do pessoal aqui da rua.

— Então está triste por quê?

— Porque eu sei que eles todos vão morrer tão jovens...

1

Os seres humanos desejam viver por muito tempo. Se essa meta lhes parece vaga, contentam-se se puderem saber que ainda estarão vivos amanhã.

Os pesquisadores da longevidade são esses caçadores de futuros, francoatiradores da ciência que espreitam a velhice como o pior inimigo. Seu trabalho é árduo, pode ironicamente consumir mais do que uma existência inteira, mas a natureza de tal conquista poderia transformar o mundo para sempre.

Apesar dessa perspectiva extraordinária, era na verdade entediante a rotina do jovem cientista Bruno Boden.

Desde que ele se formara no bacharelado e iniciara a pós-graduação, sua sensação era a de que não dera nenhum passo em direção ao seu sonho. Suas atividades no laboratório da Universidade de São Paulo eram desempenhadas com uma precisão que poderia ser confundida com uma evidência de entusiasmo, mas o notável capricho de Boden era apenas um detalhe de seu temperamento que não tornava os dias mais rápidos.

Apesar do digno senso de responsabilidade, Boden não havia alienado sua consciência e sentia que a privação da vida social não compensava o enfado do trabalho. Pensava em interromper a carreira assim que obtivesse o título.

Faria alguma falta à Academia? Provavelmente não. A ciência é um ofício mais de cotidiano do que de centelha: pode limitar o latinista a infinitas cópias, enredar o matemático numa demonstração impossível, relegar o sismólogo a uma calmaria de décadas.

No passado, sim, havia inventores criativos, homens tão diferentes como Charles Darwin ou Nikola Tesla, trazendo à existência ideias ou objetos revolucionários, que dividiam as águas da história da humanidade.

Mas Boden, nascido talvez em época tardia, comparava sua atividade científica à do operário vivido por Chaplin em *Tempos modernos*: a esteira passa e você aperta parafusos, sempre os mesmos parafusos em placas idênticas.

Na universidade, Boden preenchia intermináveis tabelas com números. Ele às vezes precisava, por exemplo, medir um a um os vermes com os quais trabalhava e marcar numa planilha os algarismos repetitivos. Ou então contar quantos minutos cada um levava para reagir à ação de determinada substância. E, depois, de outra substância. E depois de outra, e de outra, e por fim da trigésima ou quadragésima substância.

Em momentos de náusea, discutia consigo e se humilhava, argumentando que "um macaco" seria capaz de fazer seu trabalho.

Na sobriedade seguinte, lembrava-se de que isso não era verdade. Ele havia estudado, havia sido cuidadosamente treinado para organizar e perfazer aquelas experiências.

Treinado? Como um macaco?

Sua orientadora planejava agitadamente seu futuro, previa linhas para o doutorado, até já organizava papéis e sondava as fundações de apoio à pesquisa. Sabia que o pupilo era mais talhado para os processos de inovação, na indústria. Mas sem o doutorado não. Chateação primeiro, exaltação depois.

— Sem doutorado, nem café no quiosque você serve.

Mas Boden não estava desinformado. Na indústria ele seria ainda — ou ainda mais — uma pequena peça.

"Fale o nome de um inventor", ele pedia a conhecidos e desconhecidos. Todos citavam Graham Bell, Benjamin Franklin, Santos Dumont. Nomes sepultados pelo menos um século antes. Sua alegria era alguém lembrar o magnífico *Sir* Alexander von Fleming, pai dos antibióticos, seu herói, o verdadeiro Salvador para o agnóstico consciente.

Mesmo assim, também um pensador já de um tempo passado.

Agora, o criador é o processo industrial disforme. É o gerente de marketing concebendo produtos destinados a públicos-alvo, baseando-se vagamente nos avanços milimétricos propostos pelos cientistas, que batem o ponto para preencher uma multidão de tabelas entre uma merenda e outra.

Como, apesar de todo o desânimo, ele demorou para desistir, a Ciência deu a Boden o lucro inesperado que alteraria seu rumo.

A paixão por Fleming podia ser merecida, mas omitia o fato relativamente vergonhoso de que a penicilina havia sido descoberta por acaso.

Fleming tinha dedicado anos à busca de eficientes agentes antibacterianos, mas foi uma série de coincidências e até de descuidos que permitiu que uma placa de estafilococos de seu laboratório se contaminasse com o fungo *Penicilium*, e foi de infernal providência que o célebre escocês tenha percebido um halo na cultura indesejada no momento em que ele estava prestes a mergulhar a placa na bandeja de esterilização.

Foi numa segunda-feira que Boden teria seu dia de Fleming.

Na sexta anterior, antes de deixar o laboratório, cansado pela longa semana, cometera um pequeno erro, ao descartar um dos conjuntos de vermes do seu estudo. Estavam já mortos da velhice brevíssima dos vermes. Uma negligência ao microscópio o fez ignorar duas dúzias de espécimes grudados no fundo da vasilha, inertes, cujos corpos foram temporariamente salvos do funeral comum aos pobres vermes de laboratório.

A semana começou, e Boden foi encontrá-los intactos no recipiente. Ao se preparar para iniciar sua limpeza, detectou um aspecto estranho em um dos organismos. Recolheu-os para investigar melhor e, ao manipulá-los por um instante, viu que o estímulo de algum modo os revivera!

"Não existe ressurreição no universo secular", Boden pensou, mantendo a observação do material. Todos os poucos vermes remanescentes foram reagindo e mostrando que estavam vivos.

O grupo de vermes com que trabalhava era selecionado para um tempo ínfimo de vida: não passavam de três dias. O prazo daquelas criaturas havia terminado na sexta, a experiência então realizada não parecia ter tido sucesso algum, e no entanto elas estavam agora em movimento, com seis dias de vida. "São como um ser humano de 160 anos", Boden refletiu, ainda com mais assombro do que entusiasmo.

Recuperando suas anotações, o jovem pós-graduando observou que aquelas amostras eram do experimento de número 1415. No mundo inteiro, centenas ou milhares de outros colegas com o mesmo *status* dele também vinham fazendo experiências análogas, usando os mais diversos procedimentos e substâncias. Eram milhões e milhões de apostas, mas o bilhete premiado parecia ter caído em suas mãos.

***

O primeiro passo de Boden foi, obviamente, suspender o planejamento básico para tentar replicar aquele efeito. Desenvolveu novas amostras no criadouro e repisou os passos do caderno. Dez dias se passaram, e a população de vermes do laboratório explodiu. As primeiras gerações não morriam, apesar do longo tempo de vida, e as gerações novas, recebendo o mesmo tratamento, também se mantinham ágeis e saudáveis.

Os espécimes mais antigos já podiam ser comparados a homens de quatrocentos anos.

Boden consultou afobadamente os protocolos para testes *in vitro* com a aplicação do tratamento em células humanas, e os resultados preliminares confirmaram a sua empolgação. Era ainda necessário desenvolver uma substância definitiva destinada à criatura racional do planeta, mas muito provavelmente aquela descoberta funcionaria para lhe dar os desejados séculos de longevidade!

Mais de um mês se passara desde o início do processo, e Boden não havia comunicado nada a sua orientadora. Estava de posse de uma informação especial, que ele não desejava ver banalizada pela burocracia da ciência contemporânea. Aquilo valia mais que uma publicação na *Science* que recebesse cem mil citações.

Até mesmo de seu amigo Dinarte, com quem conversava diariamente por *chat*, ele guardara segredo antes de conhecer melhor a extensão da descoberta. Queria fazer uma alegria maior a seu velho camarada, no momento a trezentos quilômetros de distância, lá em sua cidade natal.

2

A atmosfera ligeiramente degradada do centro de Ribeirão Preto sugere uma metrópole muito mais populosa. Mas o caos do calçadão de repente deságua em quarteirões sossegados e até floridos, esconderijo de viúvas resistentes à verticalização.

Quando seus habitantes, à noite, se resguardam na intimidade de suas residências, parece tornar-se uma cidade-fantasma. Ainda de dia, porém, eles preenchem as alamedas em busca de negócios, compras e refrescos para o calor constante.

Naquele fim de tarde, longe de casa, Dinarte vinha pela multidão com a carteira quase vazia, sem merecer a graça de um refresco, o luxo de fazer compras e, muito menos, o poder de negociar o que quer que fosse. Procurava, sim, um modo de fazer dinheiro. Podia até ser um emprego.

Ao virar uma esquina larga, saindo de um calçadão infestado de pedestres para entrar numa via mais teimosamente discreta, viu surgir alvoroçado, de trás de uma árvore bastante sombreira, um pequeno moleque magrelo, que agitava uma faca.

— Que foi, menino? — Dinarte assustou-se.

O garoto recuou o corpo, mas estendeu o braço que ameaçava. Grunhiu uma frase em que mal se discernia a palavra "carteira".

Dinarte ouviu bem e encarou aquela arma pobre com toda uma decepção. Também julgou faltar convicção na agressividade espalhafatosa do mini-assaltante. Sua fragilidade não impunha nenhuma urgência à vítima, que podia se evadir do ataque com facilidade. Em vez de fazer isso, Dinarte, com um suspiro articulado, pôs a mão direita no bolso da calça.

— Está certo — disse ao menino. — Eu compro a sua faca. Quanto é?

O pequeno ladrão nunca tinha pensado em negociar aquele objeto altamente depreciado. A madeira do cabo estava quase toda consumida e prendia-se à lâmina por meio de uma gambiarra torta. Não que ele não possuísse outra. Esta tinha uma ponta perigosa e um fio razoável. O improviso do *design* — a brutalidade que esse improviso agregava a ela — talvez auxiliasse na sujeição da vítima. Mas vendê-la nunca havia sido uma expectativa cogitável.

Dinarte, a carteira na mão, aguardava a decisão do garoto.

— Não importa — ele mesmo resolveu. — Eu tenho dez reais na carteira, é tudo o que eu posso lhe dar pela faca.

O assaltante puxou a nota vermelha de Dinarte e a amassou na palma da mão até que desaparecesse. Depois, com uma dramaticidade inesperada, fincou a lâmina de sua arma no tronco da árvore enorme. Dinarte riu. Sem ainda se aproximar para resgatar sua mercadoria, perguntou se o menino tinha outra.

— Outra faca? Eu tenho. Melhor do que essa.

— Então me traga amanhã. Pago quinze reais por ela. Mas ponha numa caixinha. Se você ficar andando com ela na mão, podem pensar que é um bandido!

O menino sumiu depressa pelo calçadão, enquanto Dinarte puxava a faca da árvore e a empunhava com certa repugnância. De todo modo guardou-a no bolso, como um troféu: estava exultante de orgulho por sua conduta. Ao transformar um ladrão em comerciante, havia contribuído para a diminuição da criminalidade do município.

Por outro lado, pagar dez reais — cem por cento de seu tesouro naquela tarde — por um instrumento inutilizável não tinha sido uma barganha da qual se vangloriar. A carteira estava vazia agora. O bilhete de ônibus salvava seu retorno para casa, mas o que fazer com a melancolia que reencontraria mais tarde no seu lar endividado?

Pensou em poupar o bilhete para outro dia, mas estava muito cansado e a caminhada seria longa demais. Entrou no ônibus. Arrependeu-se assim que passou o bilhete pela catraca. Devia ter ido a pé.

O jantar em sua casa sucedia-se em vários turnos e espaços. Sua mãe requentava o almoço bem cedo e comia ouvindo programas sangrentos no rádio da cozinha. O pai aparecia depois de o céu escurecer, ainda com a roupa suja de auxiliar de mecânico, e acendia o fogo de novo para fazer sua refeição praticamente de pé, ainda sem ter tomado banho. Demerval, o irmão mais velho, que tinha somente uma perna e meia, passava quase todo o tempo jogando videogame e, de noite, recebia um prato morno no sofá da saleta e jantava diante da televisão.

Dinarte chegava mais tarde do que todos, em geral sem fome. Livrava-se dos apelos da mãe e corria para a internet.

Não havia penúria na família, mas, quando Dinarte baixava os extratos do *site* do banco, entrava no sangue o temor de dias muito mais difíceis. Era a dívida: os juros dos sucessivos empréstimos feitos no passado praticamente dobravam a necessidade de renda mensal. Demerval precisaria fazer algo útil, mas resistia a isso, inválido que só pensava em joguinhos, séries de TV e meninas inatingíveis. A mãe tentava fazer uns bolos para fora, mas era pouco requisitada. Ele, além da busca por emprego, ficava às voltas com o advogado para tentar apressar uma indenização que resolveria seus problemas.

Terminada sua obrigação com os números vermelhos, Dinarte alternou de janela, e a lista de amigos *on-line* mostrava Boden em destaque.

Dinarte: Opa! Fiz hoje um negócio diferente |

BBoden: Ganhou dinheiro? |

Dinarte: Engraçadinho |

BBoden: Tenho uma coisa especial para contar também. Desculpe, mas a sua novidade não pode ganhar da minha. A menos que você tenha conversado com um ET de verdade. Aí dava empate |

Amigos de infância, desde que Boden tentara apartar Dinarte de uma luta de moleques, o briguento havia crescido à sombra da grandeza irretocável do outro. Dinarte conservava uma inveja cautelosa: para cada brilho de Boden, ele entendia existir alguma correspondente luz própria, inconsciente ou potencial. Não podia haver um ser humano sem um merecimento particular, sem qualquer singularidade que o fizesse de algum modo divino, ainda que somente para si mesmo.

Boden tinha uma carreira, tinha o sucesso do mérito oficial, sua vida era um programa sem falhas. Mas Dinarte, de trajetória inexpressiva no mundo dos títulos rubricados, era o que acumulava amigos e colegas, o que improvisava nas circunstâncias adversas, o que tinha visões alternativas — ideias e projetos que poderiam em breve levá-lo a um nível tão alto quanto o do amigo, ou ainda muito maior.

Dinarte: Então deixa pra lá. Se eu disser que gastei 10 reais para comprar uma faca em petição de miséria, você vai rir. Mas eu sei por que fiz isso |

BBoden: Eu não me espanto. Você sempre sabe. É a lógica ribeirão-pretana |

Dinarte: Você não nasceu aqui, né? |

BBoden: Eu me sinto um paulistano já |

Dinarte: Mas então conte sua novidade tão bombástica |

BBoden: Uma palavra: longevidade |

Dinarte: Mais palavras... |

BBoden: Fiz uma descoberta. Um procedimento que multiplica em pelo menos 5 vezes a vida dos vermes! |

Dinarte: Que bom para os vermes |

BBoden: Não quer imaginar como seria sua vida aos 400 anos de idade? |

Dinarte: Minha vida? E minha dívida? Imagine 400 anos de juros compostos! |

BBoden: ☺ |

Dinarte: Parece realmente algo incrível, porque outro dia você estava falando de abandonar a pós e voltar para Ribeirão. |

BBoden: Na verdade todo aluno pensa em abandonar a pós e voltar para casa |

Dinarte: Não desconversa, Bruno. Mesmo se não vai sair da pós, podia pelo menos dar uma passadinha por aqui. Faz tempo que a gente não se vê |

BBoden: Mas agora tudo mudou mesmo. Vai ser difícil acreditarem numa descoberta como essa vinda do Hemisfério Sul. Ah, se eu fosse americano... |

Dinarte: Sendo brasileiro, não dá pra ganhar dinheiro com a descoberta? |

BBoden: Dinheiro é pouco para o que eu tenho aqui |

3

Quando era pequeno e casto, Boden imaginava que a conexão de um casal de namorados se fundasse numa formalidade clara que oficializava a relação, como num tratado com todas as subscrições. O namoro começava a tal dia e tal hora. Daí em diante, ficavam revogados os desejos contrários, e nenhum intruso teria o direito de interferir nessa sociedade firmada capturando um dos participantes para parceria concorrente. Tal contrato ainda pressupunha uma sequência garantida de reuniões em periodicidade fixa.

Mas o tempo, obviamente, redesenhou a realidade. Boden se atualizou e abriu seu ponto no comércio romântico.

E incorporou até melhor que os colegas o caráter tão transitório e difuso dessa atividade. Alourado, atlético não musculoso, Boden fazia sua figura perante o sexo adversário sem ter cultivado o instinto das relações duradouras. Um pouco tímido e nada galanteador, aceitava quase qualquer garota que lhe demonstrasse as melhores intenções.

Priscila era uma montanhista profissional. Havia sido instrutora de Boden numa academia de escalada *indoor*. Os dois saíram juntos uma vez, ela liderou as iniciativas e o conduziu para um motel na primeira noite. No dia seguinte, Boden ligou para ela e ficou abalado com a falta de adrenalina da alpinista, que o tratou sem empolgação e avisou que estava ocupada pelos três dias seguintes. Ele insistiu e ela aceitou revê-lo algumas noites depois, explicando-lhe que estava num relacionamento complicado com um homem casado. Assim mesmo, Boden e Priscila se divertiram mais algumas vezes. Ela chegou a dizer que o terceiro estava descartado, e Boden considerou que ela estava sendo sincera — mas também sabia que não era verdade.

Era de noite e Boden foi brincar de rapel no viaduto da avenida Sumaré. Ele é que tinha sabido dessa atividade costumeira no local e levado Priscila uma vez. Ela foi, mas bastante contrariada. Dizia que escalada exigia contato com a natureza e circunspecta atitude espiritual. Descer ponte pendurado em corda seria um modismo fútil e irresponsável. Mas Boden gostava do vento, das luzes da cidade, e não tinha tempo para ir a Bragança ou à Pedra do Baú.

— Não adianta, em tudo vão sempre existir os puristas — ele argumentou. — Mas nenhum extremismo me paralisa.

Acontece que Priscila gostou. Da prática e de Lucci, um rapaz carioca que parecia a ela "uma mistura de Javier Bardem e Tarcísio Meira".

Ela simplesmente queria voltar àquela prática que antes havia condenado — mas não mencionou o assunto com nenhum colega da academia, nem com os companheiros do grupo de montanhismo em Atibaia, aonde ela ia todo mês para um projeto de conscientização *leave no trace*. Para Boden, tentava dar algumas explicações técnicas sobre sua mudança de opinião, como "experiência de invertida negativa", "treinamento com *dresler*" e outros jargões.

Voltou várias vezes, até mesmo sozinha, e sua vida parecia circular muito bem entre Boden, Lucci e o homem casado. Discutiram algumas vezes. Ela negava as insinuações e as diretas com a mesma determinação.

Boden havia informado anteriormente aos camaradas que não apareceria para a atividade naquela noite. Quando chegou, abraçado de equipamentos próprios, viu de longe Priscila sorrateiramente desfazendo sua amarração e escapando de sua presença pelo outro lado da ponte. Alguém o saudou na chegada.

— Pois é, tinha falado que não viria — Boden comentou. — Acho que menti.

Enquanto manipulava cordas, argolas e outros apetrechos, ocorreu-lhe uma janela para a diversão. Distraidamente anunciou:

— Alguém viu a Priscila? Sabem se ela vem?

— Ela não pôde vir — respondeu o mentiroso mais ligeiro do grupo.

— Bem... — continuou Boden — Ela deve estar com o Lucci, que afinal não está aqui hoje.

— Não! — apressou-se o diplomata, confuso. — Você não sabe que o Lucci viajou?

— Para onde?

— Para o Rio. Vai sempre para o Rio.

— Então a Priscila foi para o Rio com ele...

Depois de três ou quatro jogos de réplicas, Boden estava pronto para a descida e não fez mais caso da brincadeira. Ajudou alguém, ajudou-se e foi então para a microaventura, dedicando como sempre à ancoragem das cordas a fé que ele não tinha em Deus.

Minutos depois estava pendurado, pernas ao vento e corpo firme no *bouldrier*. Quem era Priscila? Quem era Lucci, quem eram aqueles hobbyistas estúpidos, de vidas vazias como era antes a dele, sem ter nas mãos a descoberta mais fascinante da história? Só ele, além do confidente Dinarte, sabiam por enquanto do estudo que mudaria a vida do ser humano e seus caminhos. Era natural que os outros se mantivessem ainda ativos naquela ginástica política dos relacionamentos banais.

Mas Boden, suspenso em lenta descida, só namorava a claridade dos prédios altos, a glória que ele avistava no horizonte. Pensou em sua avó — mãe de criação — que não tinha mais a lucidez para encantar-se, para orgulhar-se da prole. Internada numa casa de repouso em Ribeirão Preto, provavelmente também não teria tempo para usufruir da descoberta, que exigiria ainda um longo e complexo desenvolvimento.

Como seria, afinal, subsistir por centenas de anos? Ver sobreviver dentro de si aquela consciência única, aquele ponto de vista inalienável, farol de uma mentalidade exclusiva clareando o mundo conforme suas próprias razões? Aos 25 anos, mal lhe fazia sentido a expressão "faz 20 anos". Como seria dizer... "faz 200 anos"? Bem, é possível dizer "faz 200 anos" agora. O que aconteceu 200 anos atrás? Simplesmente *Darwin não havia nem sequer nascido*. E esse período vertiginosamente distendido talvez fosse ainda pouco para o homem do futuro próximo.

Boden flutuou na imaginação por mais um tempo, tentou brincar de "faz 500 anos", para depois talvez tentar brincar de "faz 1000 anos", mas então despertou em si uma inédita ansiedade. Notou, como se acordasse de um sonho, que, em seus delírios de perpetuidade, estava singelamente pendurado por uma corda, a mais de vinte metros do chão.

Não se deve ter pânico no exercício do risco. O medo nunca ocorria a Boden, porque aquele rapel recreativo era para ele a prática de seu espírito metódico — ele relaxava de um cotidiano penoso e estéril, mas sem dispensar sua demanda interna de desafios. Abruptamente, aquela situação passou a lhe figurar menos desafio que loucura. Sua morte em tão enérgica juventude seria uma insolência do destino contra aquela alma que cogitava perdurar mais que qualquer outra criatura humana até aquele momento. Mais do que isso, pensou Boden: tal morte seria ainda a morte *de sua descoberta*, da qual a longevidade de todos os humanos dependia.

Ele tentou dominar-se. Tudo estava correndo como sempre. Nada de apressar a descida com movimentos menos controlados. Em alguns minutos o solo tocaria seus pés, em segurança. Era necessário continuar agarrando no ponto certo, dar corda suavemente sem estancá-la, conter a mão de comando na direção exata. Boden voltou a fazer tudo como da primeira vez. Tomou conta até da própria respiração, assumindo seus movimentos naturalmente involuntários. A descida continuou tão lenta e sóbria quanto antes. A tensão havia sido aprisionada no rigor profundo de sua aptidão.

O pouso foi uma vitória. Nada podia abalar Boden: sua inteligência, seus critérios, sua determinação. O futuro da humanidade podia se sentir confortável em suas mãos.

Pelo sim, pelo não, era melhor interromper aquela atividade inerentemente perigosa, o que ele anunciou logo em seguida aos camaradas que vinham aos poucos também chegando ao chão.

— Se eu digo que não venho mais, é porque terei muito trabalho a fazer. Hoje foi uma despedida. — Apreciando o semblante silencioso de alguns, resolveu acrescentar: — E fiquem tranquilos. Isso não tem relação nenhuma com a Priscila e aquele carioca bobo.

4

O apartamento de Boden em Santa Cecília tinha um quarto. Se tivesse zero, não seria menos apropriado em sua função de refúgio, mero dormitório para o estudioso que mal saía da universidade.

Para entrar no prédio, ele precisava evitar nas calçadas as mesas dos botecos movidos a cigarro. O ruído da animação chegava lá em cima até sua janela, mas o espírito de Boden se desligava para ler dois capítulos de algum romance popular antes de adormecer, as luzes devidamente apagadas.

Horas se passaram num instante até que seu celular tocou. Ele levou o aparelho ao ouvido para escutar a voz de

Márcia Filipelli. A orientadora de Boden tinha uma novidade para ele:

— Você vai receber uma colega para compartilhar o laboratório durante um tempo.

Boden ainda tentava conciliar sono e intelecção. A mensagem lhe parecia desconexa como a de um sonho.

— Ela é da Federal de Pernambuco — continuou a voz. — Foi um pedido do professor Hugo Freitas. Ela precisa fazer um curso em São Paulo e vai compartilhar seu laboratório para não atrasar a pesquisa.

— Isso é bem peculiar, né?

— Todos precisam se ajudar, Bruno.

— Meu laboratório na USP é pequeno e limitado mesmo para um pesquisador só.

Boden percebeu uma demora, mas sua orientadora retomou a fala com o mesmo tom:

— Vou lhe encaminhar o e-mail do professor Hugo. Você vai ver que é muito simples, ela tem material próprio, só precisa da infraestrutura básica. Não vai atrapalhar o seu trabalho.

— Pelo jeito, não terei palavra.

— Eu acordei você, Bruno? — sua voz se mostrou esganiçada.

— Acordou.

Márcia riu:

— Adoro sua sinceridade.

— Então vou ser sincero: eu não fico de mau humor quando me acordam. E vou ser sincero de novo: compartilhar aquele cubículo não me agrada.

— Engraçado — ela divagou. — Pelas nossas últimas conversas, podia jurar que você andava mais feliz. Pensei que nem ia ligar para essa notícia, e que qualquer hora ia admitir que tinha, sei lá, ficado noivo e não estava querendo me contar.

Boden não comentou.

— Por favor, Bruno, receba a moça muito bem. Não podemos negar isso ao professor Hugo, ele é uma das pessoas mais solícitas da nossa área.

Boden resolveu conceder rapidamente, para ver-se o quanto antes livre da ligação. De volta ao silêncio, apagou a luz e estirou-se na cama em penumbra, mas levantou-se agitado logo em seguida e ligou o *notebook*. Dinarte estava *on-line*.

BBoden: Já está on-line a essa hora da manhã? |

Dinarte: Bom dia! |

BBoden: Não sei se está certo eu ficar escondendo a descoberta da Márcia. |

Dinarte: Ei! Vou ter que cobrar pela terapia. |

BBoden: Eu pago. ☺ |

BBoden: Pensando bem, deixa pra lá. |

Dinarte: Oba! ☺ |

Dinarte: Ah... ☹ |

BBoden: Estou mais preocupado com outra coisa. Vou ter que compartilhar o laboratório com uma desconhecida. |

Dinarte: O laboratório era só seu? |

BBoden: Acontece que ninguém pode perceber as pesquisas que estou fazendo lá. |

Dinarte: Mas tem como a pessoa perceber algo? Só de olhar você trabalhando? |

BBoden: Espero que não. Mas você sabe como é gente querendo ser legal. Vai começar com aquela história de "o que você está fazendo?, fala um pouco da sua pesquisa", etc. etc. etc. |

Dinarte: Relaxa. Mas e sua pesquisa, como está saindo? |

BBoden: ☺ |

Dinarte: Você vai ganhar muito dinheiro com esse negócio! |

BBoden: Por falar em dinheiro, como estão as coisas por aí? |

Dinarte: Não mude de assunto. |

BBoden: Eu posso ajudar você. |

Dinarte: Bruno, eu já estou lhe devendo. |

BBoden: Então, não seria uma grande mudança, apenas uma questão de números. |

Dinarte: Bom, preciso sair do bate-papo agora. |

BBoden: Não faça isso... |

Dinarte: Sério, tenho um compromisso. |

BBoden: ... |

Dinarte desconectou e desligou seu computador. Já estava arrumado. Levantou-se e saiu depressa do quarto.

Aos sete anos de idade, Dinarte havia presenciado Demerval, seu irmão mais velho, ser atropelado na calçada por um ônibus mal conduzido. Dezoito anos depois, a justiça ainda caminhava lentamente no processo de indenização aberto pela família do deficiente.

Adolescente, Dinarte havia se prestado ao vandalismo crítico, pichando uma colossal tartaruga grotesca no muro do fórum da cidade. Mais velho, tornou-se um filatelista da desgraça, coletando com advogados as histórias desesperadas sobre a morosidade da justiça nacional.

— Veja bem, Dinarte, o juiz não vai poder ordenar a execução neste momento — explicava-lhe o advogado à sua frente. — O problema é que a matéria foi dividida em duas.

— Sei — Dinarte suspirou. — Assim como o ônibus quase fez com meu irmão...

— Lembra daquele outro juiz que daria a execução em 2002? Ele alterou a sentença...

— Isso é que não entendo, Franchetti — interrompeu Dinarte. — Como é que um juiz de primeira instância pode alterar uma sentença que já havia transitado em julgado no Superior, depois de todas as apelações? — Dinarte ficou impressionado com sua capacidade duramente adquirida de expressar jargões de uma área que, na verdade, não dominava.

— É você que não entende? Acha que eu entendo? O juiz foi um idiota! Prova que não leu os autos de forma adequada. Agora, na verdade, temos dois processos: o normal e o que trata da mudança que o imbecil fez.

— E não dá para voltar atrás? Mostrar isso para o juiz?

— Só se combinar com a outra parte! O juiz reconheceu a besteira depois, mas já era tarde. Entrou nos autos, virou verdade. A ré começou a chafurdar nessa excrescência e não vai largar o osso.

— Eu era um menininho assim quando isso começou — Dinarte mostrou com a mão desalentada.

— E eu era estagiário da defensoria pública...

— E se formos à televisão denunciar tudo isso?

— Confie em mim, não faz bem sair da esfera jurídica dessa forma...

— E de alguma outra forma? — Dinarte antecipou com ansiedade. — Uma ameaça?

— Não diga isso...

— Não é crime quando se está do lado certo.

— Infelizmente não funciona assim.

— Precisamos do dinheiro! — Dinarte exaltou-se, antes de continuar mais para si mesmo do que para o suarento engravatado. — Embargos infringentes... embargos de declaração... embargos de mau-caratismo, isso sim! Que mal poderia me fazer a justiça com as próprias mãos?

O advogado se manteve calado, procurando contagiar seu interlocutor com um olhar sereno. Entendidos após algum silêncio, ele encaminhou Dinarte para a porta de saída. Confortou-o com uma palavra, advertiu-o com duas.

O jovem saiu do escritório e, ao sofrer os raios de sol quente do centro de Ribeirão Preto, sentiu-se como se tivesse se transformado de repente em uma imensa barata.

5

Bruno Boden passou a manhã reorganizando o laboratório, omitindo criteriosamente todos os sinais da operação extraordinária que vinha sendo realizada ali nas últimas semanas.

O caderno oficial de anotações da pesquisa havia sido abandonado no dia 1 da descoberta. Os experimentos seguintes passaram a ser registrados numa pequena caderneta pessoal, onde ninguém poderia esperar encontrar mais do que listas para o supermercado e outros rabiscos inofensivos. Assim mesmo, era protegida por uma vigilância permanente, guardada no bolso de Boden.

Faltava agora dar uma boa demão de apontamentos fictícios e desimportantes no caderno oficial para torná-lo coerente com seus dias de trabalho.

As informações verdadeiras, amarrotadas no *jeans* de Boden, eram muito mais excitantes. Os espécimes de sua pesquisa, além de viverem cada vez mais, respondiam bem aos variados testes que o jovem cientista aplicava para verificar se o processo podia ser objetivamente controlado. Em suas estimativas, acreditava que o tratamento que desenvolvia levaria os seres humanos a viver por pelo menos seis séculos.

Ele tomava todos os cuidados para não cair na mesma situação humilhante pela qual havia passado o cientista Alexis Carrel, ganhador do prêmio Nobel de 1912. O polêmico biólogo francês — que se envolveu em projetos eugenistas e chegou a ser acusado de apoiar o nazismo — conduziu por muitos anos uma experiência em que mantinha células vivas em uma placa de Petri. O *Journal of the American Medical Association* publicou sua alegação de que a morte não era, afinal, necessária, mas sim um fenômeno contingente e evitável.

Porém descobriu-se depois que suas células eternas eram, na verdade, normais e mortais como todas. Por equívoco ou má-fé, ele próprio, ou talvez algum de seus assistentes, substituía as células antigas por outras mais jovens, produzindo aquela confortável impressão de longevidade.

Boden tinha a certeza de que não estava enganado. Com um genuíno coração socrático, perguntava-se: "Estou acreditando naquilo que desejo? Ou estou francamente observando os fatos? Estou pondo minhas conclusões à prova a todo instante?". Isso o estimulava a questionar toda a atividade, a ser o advogado do diabo de suas ideias e de seus movimentos, de suas perguntas e de suas respostas.

Na hora do almoço, quando ele já estava tranquilo, considerando protegidas as suas evidências, Liza, a moça da Universidade Federal de Pernambuco, chegou ao laboratório.

Não parecia pernambucana. Pelo contrário, tinha certo traço nórdico, de procedência catarinense, como a dele próprio. Ela entrou no laboratório com uma mochila volumosa e um sorriso empático:

— Será que já estou incomodando?

Boden, socialmente atrapalhado, exagerou na gentileza: sorriu, chamou-a pelo nome, esteve perto de abraçá-la. Em seguida percebeu o excesso e começou a compensar, escondendo os dentes e avisando que já estava de saída para o almoço — esperando que o segundo comportamento não parecesse tão contraditório em relação ao primeiro. Liza compreendeu tudo, respirou com tranquilidade e o ajudou, fazendo um simples pedido:

— Por que não me apresenta primeiro o laboratório?

— Claro. Nem estou com fome.

Ela apoiou sua mochila numa bancada livre, olhou em torno e acompanhou o anfitrião em uma rápida visita aos equipamentos e outras atrações. Fez um comentário elogioso às instalações e insinuou que o governo paulista era mais pródigo do que o governo federal, mas Boden patentemente se esquivou do debate político.

Terminada a excursão, Liza tirou um *notebook* de sua mochila e perguntou com displicência:

— Com o que você trabalha, Bruno?

— Longevidade de vermes.

— Interessante!

— Preencher tabelas? *Muito* interessante. Por que não folheia meu diário de pesquisa? Pode ser uma boa técnica contra a insônia.

Boden apontou o caderno oficial e ficou surpreso quando Liza realmente avançou dois passos e o apanhou para abrir logo nas últimas páginas.

— Trabalho descritivo é assim mesmo, você já sabia...

— Sabia... mas não me imaginava uma formiguinha tão pequena, quieta e obediente.

— Um dia nós estaremos no comando, e teremos nossas formiguinhas também.

Boden a convidou para almoçar. Ela respondeu que havia tomado o café bem tarde e que preferia se ocupar com alguns arquivos em seu *notebook* durante a tarde. Boden abriu uma gaveta, pegou um cartão e entregou para ela:

— Aqui está a senha do nosso *wi-fi*.

Liza observou o papel pensativa:

— Eu uso rede celular — falou, apontando para o pequeno *modem* USB conectado na lateral de sua máquina.

Mais tarde, ao voltar do almoço, Boden encontrou Liza na mesma posição, trabalhando atentamente em um arquivo de texto. Ela lia bastante e digitava pouco. Às vezes, acessava a *web*. Mas ele tentou não a espreitar demais.

Ela também não parecia vigiá-lo. Boden dedicou sua tarde a uma atividade completamente aleatória e sem importância, o que ele já estava considerando demasiada cautela. Apenas em um momento, emergindo do silêncio, Liza o sobressaltou com uma pergunta inesperada:

— Por que você tem uma população *tão* grande de *Caenorhabditis elegans*?

— Não são *elegans* — ele respondeu mais depressa do que gostaria. — São *brenneri* — resolveu completar, meio incerto. Silenciou-se. A correção tinha parecido resposta suficiente, pois ela não retomou a verdadeira pergunta. Ele fingiu que já tinha respondido e os dois se mantiveram em silêncio pelo resto da tarde.

Boden avisou que costumava ficar no laboratório até as seis horas. Pouco antes das cinco, ela ajeitou suas coisas e preparou-se para ir embora.

— Se você precisa mesmo ir, eu levo você de carro.

— Primeiro vou caminhar pelo *campus*, depois pego uma carona ou um ônibus na saída.

Boden não viu por que insistir. Despediram-se amistosamente. Animado com a solidão, ele voltou à sua pesquisa regular e ficou trabalhando até às sete horas. Enfrentou pouco tráfego na primeira parte do caminho. Ele saiu normalmente pelo portão principal da universidade, cruzou o rio Pinheiros pela ponte Eusébio Matoso e subiu a Rebouças com a paulistana resignação à perspectiva de um congestionamento.

Na altura da avenida Brasil, num trecho em que desenvolvia alguma velocidade, ficou certo de ter visto Liza caminhando, subindo a pé pela calçada.

6

O garçom deixou a conta nas mãos de Dinarte. Ele pegou a caderneta com hesitação, sentiu nas pontas dos dedos a textura de tecido encorpado que a envolvia e a abriu para ver a nota. Os números se multiplicavam bem cheios no papel. Incrédulo, Dinarte conferiu os itens registrados e percebeu que tudo correspondia ao consumo real da mesa. Mas era um valor impagável. Para sua situação, mais que isso, somava um montante indecoroso.

Por uma eternidade, aquela sentença de pobreza flutuou diante de seus olhos. Nem seu traquejo interpessoal podia resgatá-lo daquelas águas geladas. Mas logo em seguida, antes que ele começasse a ensaiar uma solução, veio interromper seu sofrimento um anjo em risos, arrebatando de Dinarte aquela espada da morte:

— Eu sei que é por minha conta! — completou ainda sorridente o gordo comensal, encaixando na caderneta seu cartão de crédito dourado.

Tárik Junqueira exibia em suas vestimentas três distintos logotipos de multinacionais consolidadas. Seu automóvel, seu nome e sua simples presença eram também de grife. Filho de um dos barões modernos da Califórnia Brasileira, pegara camaradagem com o velho *office-boy* Dinarte, que havia atuado nessa nobilitante carreira em uma das empresas de seu pai. Torciam para o mesmo time e tinham gostos diferentes em relação às mulheres, condições que naturalmente os aproximavam.

Por outro lado, havia praticamente um PIB os separando, o que tornava impossível que frequentassem os mesmos terraços, as mesmas companhias e as mesmas madrugadas. Mas eventualmente Dinarte tentava lançar mão dessa amizade capenga para financiar algum negócio de última hora e primeira grandeza.

— Tárik, a pesquisa é fantástica. Vai ser falada no mundo inteiro. Um japonês, um húngaro, um árabe, um australiano, todos vão querer comprar. É demais. Não posso ainda contar exatamente o que é, mas, para você ter uma noção, é como se fosse o *teletransporte*, você me entende? — e Dinarte enfatizou a analogia que ele tinha passado a noite anterior elaborando.

— Mas a gente não é do ramo, Dinarte! Nosso negócio é boi, vaca, trator... e um pouquinho de advocacia tributária! — completou, piscando um olho.

— Seu negócio é ganhar dinheiro! Em vez de comprar um iate no mês que vem, só por diversão, use o mesmo valor no meu investimento e logo logo você vai comprar dez iates e um transatlântico!

— Para eu gastar com qualquer coisa, quem tem que aprovar é o papai.

— Não seja mentiroso, Tárik! Você tem o seu! E vai ficar mais rico do que seu pai com esse negócio!

— Mas se você nem me diz exatamente o que é!

— É claro que eu vou dizer. E tenho até medo de você ter um troço na minha frente e cair duro quando ouvir. Você vai precisar abrir um banco do lado da sua casa para poder guardar o dinheiro que vai ganhar. Mas primeiro tem que fazer uma reunião com o gênio que inventou a coisa. Só isso.

Tárik deu de ombros, afirmando que não via problema em fazer uma reunião com quem quer que fosse. Seu senso para negócios, contudo, era incompatível com as racionalizações de Dinarte. Ele não entendia como podia existir alguma relação entre um iate e um investimento. O dinheiro usado para comprar um iate não era o mesmo dinheiro usado para fazer um investimento. O dinheiro usado para comprar um iate só servia para comprar um iate.

Dinarte voltou do refinado almoço arrebatado pela possibilidade de pôr Tárik e Boden na mesma sala, discutindo como capitalizar aquele milagroso tratamento para a longevidade. Cogitou alguns valores. Um milhão de reais seria fácil de obter com o amigo. Dez por cento desse valor cobriria todas as suas dívidas e ainda daria um enorme fôlego enquanto ele gerisse o negócio. Tárik não precisaria fazer mais nada, além de receber os lucros, e Boden poderia apenas se dedicar ao aspecto científico da empreitada, enquanto ele, justamente remunerado, permitiria que tudo acontecesse.

Diante do computador, ficou contentíssimo por encontrar Boden *on-line.*

Dinarte: Preciso falar com você! Tudo bem? |

Boden aproveitou a pergunta e desfiou lamúrias sobre a incômoda colega. Descreveu com detalhes tudo o que tinha achado estranho, do *wi-fi* recusado às andanças a pé da moça.

BBoden: Ela também não me respondeu direito quando quis saber sobre o curso que ela veio fazer em São Paulo. Não que tenha algo estranho nisso, mas ela é calada e evasiva. |

Dinarte: É só proteger o segredo. Está conseguindo trabalhar? |

BBoden: Muito pouco. Estou tentando. Preferia que ela não estivesse por perto, principalmente agora que estou pensando em abrir o jogo para a Márcia. |

Dinarte: Não! De jeito nenhum! |

BBoden: Dinarte, uma coisa é eu não querer uma pessoa estranha espiando a minha pesquisa. Outra coisa é não partilhar isso com a minha orientadora! Não tem outro jeito. Precisa ser tudo correto, tudo oficial. |

Dinarte: Isso é uma bobagem! Você vai degolar a galinha dos ovos de ouro! |

BBoden: Meu caro, as coisas não ocorrem nesses termos. É necessário haver profissionalismo.

Dinarte: Eu tenho um amigo que vai investir uma bolada no negócio, Bruno! |

BBoden: Minha área tem seus meios normais de divulgação e repercussão.

Dinarte: Vamos ficar bilionários! |

BBoden: Eu não vou deixar de colher os louros pela descoberta. |

Dinarte: Se você divulgar, isso vai acabar numa indústria, os tubarões lá dentro manipulando tudo! Você vai ser esquecido, quando muito vão lhe dar um prêmio Fulano Algoberg para você se sentir muito distinto, talvez um emprego, mas o que é isso perto do que se pode fazer com esse milagre nas mãos? |

BBoden: Dinarte, descanse os dedos e ouça um pouco. Metáforas são uma grande diversão, mas o que eu tenho aqui não é realmente uma pedra filosofal nem uma galinha que bota ovos de ouro. Eu tenho apenas resultados de uma experiência. A efetivação e a aplicação desses resultados dependem de publicações, de replicações pelos meus pares, de desenvolvimentos de processos, enfim, de uma série de procedimentos para que no futuro minha descoberta funcione de verdade em seres humanos. Mesmo que eu conseguisse patentear a minha descoberta, o que já é controvérsia para uma vida inteira, o fato é que a Universidade tem seus caminhos próprios no que se refere a investidores, a empresas, etc. |

Dinarte: Agora me ouça você, Bruno. Apenas ouça. |

Dinarte: Imagine você em breve se reunindo com um megainvestidor, que vai começar a chorar assim que você contar a ele sua descoberta. Eu estou trabalhando com a hipótese de um aporte de 5 a 10 milhões de reais! Apenas para começar, para fechar o negócio! E depois vai entrar tudo o que você precisar para criar essa empresa especializada em longevidade! Bruno, pense nisso, por nossa amizade, que é tão bacana e tão antiga! |

BBoden: Não dá para misturar. |

Dinarte encarou a tela, as mãos em silêncio, esperando Boden prosseguir. Um minuto depois, o amigo ainda não havia acrescentado nada.

Dinarte: Como assim? Misturar o quê? |

A resposta apareceu depois de mais um minuto de espera.

BBoden: Desculpe, falaram comigo aqui. Bom, existe a amizade e existe o trabalho. |

O laconismo irritou Dinarte.

Dinarte: Existe, né? A amizade existe, sim. O trabalho também existe, pelo que me disseram. Tem muita coisa que existe. Existe também prioridade. Existe valor! O que é que vale mais do que a amizade? E quem está falando de jogar o trabalho no lixo? Agora é "amizade contra trabalho"? Eu não sabia. O que eu estou falando é de amizade beneficiando o trabalho! Bruno, eu não esperava essa sua atitude. |

BBoden: Não está nada decidido. Estou pensando no que contar para a Márcia. A questão é complexa. |

Após esperar mais um ou dois minutos, Dinarte sentiu-se ultrajado pela resposta evasiva de Boden.

Dinarte: Olha só como você está falando, Bruno! Dá para perceber que você está aí irritado atrás do computador, o corpo tremendo, e então você tenta fingir que está controlado, usando frases rápidas que não dizem nada! Eu sempre esperei que você fosse verdadeiro comigo! Que postura é essa? Abra o coração! Se estou errado, por que não me xinga em vez de ficar com esse lero-lero? Por que não vem para o corpo-a-corpo? |

BBoden: Não é assim. Cada um tem seu temperamento. |

Dinarte: Quer um exemplo? Estou faz tempo para te falar: cadê você? Cadê você que não vem para Ribeirão me encontrar, como fazia tantas vezes? Será que não tenho mais tanta importância? |

BBoden: Irei em breve. Agora, com a descoberta, você sabe como ficou minha pesquisa. |

Dinarte: Olha só como você escreve. Blá, ponto. Blá, vírgula, blá, ponto. Blá, ponto final. É vergonhoso e eu acuso diretamente. Não venha falar de temperamento, eu sei que se essa conversa fosse ao vivo você estaria com o rosto vermelho, mas pela internet você tenta se controlar. Espero que esteja arrependido de ter falado que não quer "misturar" amizade e trabalho. Não existe misturar. Nada se mistura com a amizade. Espero que seu arrependimento seja rápido e você considere minha proposta! São só vantagens. Você vem para Ribeirão, passamos uns ótimos dias juntos como antigamente, você se reúne com o sujeito do dinheiro, ganha alguns milhões e começa a trabalhar com total liberdade. E vamos estar juntos nisso! |

Não veio nenhuma resposta, e Dinarte resolveu continuar:

Dinarte: Mas agora, uma coisa eu lhe digo, e de novo digo com todas as letras, para provar que sou seu amigo acima de todo o resto: se for para acontecer de isso tudo nos separar, desejo de todo o coração que essa sua descoberta se revele falsa, um grande equívoco, e que não tenha nenhum futuro! |

Pouco depois de ter escrito essa enfática mensagem, Dinarte recebeu o aviso de que Boden havia se desconectado.

7

Na manhã seguinte, antes de Liza chegar ao laboratório, Boden encontrou um grande número de vermes mortos.

A impressão inicial não foi alarmante: era esperado que um dia, afinal, apesar de todos os cuidados decorrentes da incrível descoberta, os espécimes mais antigos chegassem à morte, fenômeno ainda natural e inelutável das criaturas. Muitos haviam multiplicado a extensão de suas existências em tantas vezes que já alcançavam idades equivalentes à de 900 anos para um homem.

Porém o corte da foice havia sido generalizado durante aquela madrugada. A maior parte das amostras havia perecido. Boden avaliou o material em detalhes, lançou mão de lupas e microscópios, conferiu as rotulações, as distribuições, mas não conseguia orientar seu cérebro a lidar com o espectro de tantos fatos novos: populações das mais variadas idades estavam extintas.

Particularmente desoladora foi a visão que teve de um dos grupos mais recentes: o recipiente com os vermes que naquele dia ultrapassariam a idade limite mostrava uma baixa de 90%. O fim do dia serviria para desenganá-lo de qualquer esperança, com a morte dos 10% restantes. Eram indivíduos que, sempre à sombra da analogia com a vida humana, agora mal passavam dos 100 anos.

Boden esperava por dificuldades. Até então, os experimentos vinham sendo persistentemente felizes. Tal sucesso ilimitado já era sem dúvida bastante prodigioso. Mas o presente embaraço era muito pior que um simples obstáculo.

Ao chegar, Liza encontrou-o concentrado em seu caderninho extra-oficial. Notou logo algo estranho e lançou duas frases simpáticas: perguntou se estava tudo bem, em seguida pôs-se à disposição — e a nenhuma das interpelações Boden devolveu qualquer palavra.

Ele voltou ao trabalho como se ela não estivesse por perto. Sua primeira providência foi iniciar uma novíssima população, completamente apartada das gerações antigas, descendente de espécimes jamais tratados. Realizou essa atividade no lado oposto do laboratório — com uma motivação mais psicológica do que prática. Aplicou o tratamento com carinho, com zelo de pai. Não podia dar errado: era o procedimento original e inequívoco que já havia proporcionado vida longa a quase uma dezena de populações de vermes experimentais em seu laboratório.

Uma geração intermediária resistia mais teimosamente. No meio da tarde, pouco mais da metade dos indivíduos ainda sobrevivia. Essa população tinha por volta de "400 anos" de idade.

Tal resistência o fez levantar a hipótese de que alguma enfermidade misteriosa causava o enorme genocídio e uma imunidade privilegiada poupava o grupo persistente. Porém ele não encontrou no material autopsiado o menor indício de alguma doença que ele conhecesse. Além disso, Boden enfrentava um dado mais apavorante: a mais jovem população disponível, ainda em idade normal, estava completamente intacta. Isso significava que o problema estava exclusivamente nos processos de longevidade.

Agora, porém, seria necessário esperar alguns dias para que os novos resultados aparecessem.

Liza conseguiu se comunicar com Boden no final da tarde. Apesar do cansaço e da frustração, ele começou a reconhecer o próprio esforço, e seu otimismo se reanimava:

— Hoje eu vi um trabalhador concentrado aqui! — ela elogiou.

— Eu precisava acelerar uns relatórios.

— Você não pareceu o mesmo que outro dia falou que a pós-graduação é entediante e repetitiva.

— Hoje foi uma exceção.

Com uma atitude nova, as feições mais largas, Liza insistiu:

— Como são as perspectivas para a longevidade, afinal? Será que poderemos chegar a viver 120 anos?

Boden sorriu:

— Algumas pessoas já atingiram essa idade.

— São raras, apesar de a expectativa de vida estar aumentando.

Boden se animou a falar sobre o assunto:

— Meu campo de pesquisa não tem relação com a expectativa de vida, na verdade. A expectativa de vida é um valor médio, que vem aumentando muito nos últimos cem anos em decorrência do saneamento básico e das descobertas mais fundamentais da Medicina, como os antibióticos e as vacinas. Mas o tempo de vida possível não se alterou. Por exemplo: há dois séculos já existiam pessoas que passavam de cem anos, porém eram poucas. Em um mundo onde tanta gente morria antes dos quarenta ou mesmo dos trinta anos de idade, a média acabava sendo baixa. Ou seja, o fenômeno que estamos observando agora é que cada vez mais gente sobrevive por várias décadas, o que aumenta a média geral, no entanto existe um limite. Já ouviu falar no limite de Hayflick?

Liza arregalou os olhos:

— De alguma aula do segundo ano, ou do terceiro! Mas só me vem o nome...

— O Hayflick demonstrou que as células dos seres humanos não conseguem se replicar indefinidamente. Existe um limite que não pode ser ultrapassado. A conclusão dele é que não há como aumentar a vida além de certo limite.

— Nesse caso, qual é o sentido da gerontologia?

— Ainda não temos certeza de qual é esse limite. Talvez seja em torno de 125 anos, atingidos por alguns raros indivíduos. Mas pode ser maior: e estamos pesquisando com a esperança de que seja.

Boden recordou-se da "maldição" que o amigo Dinarte fizera no dia anterior. Afastou o pensamento com um gesto de mão, como se enxotasse um mosquito. Decidiu que não entraria no *chat* aquele dia.

Pouco depois, aprontava-se para deixar o laboratório e viu que Liza também estava de saída:

— Será que adianta eu lhe oferecer carona hoje? — perguntou provocativamente. — Ou você ainda gosta de passear pelo *campus*?

— Gosto. Gosto mesmo. De caminhar.

— Mas tanto assim? Por quê?

— Para ter uma vida mais longa.

8

Do lado de fora de Boden, a noite era bela, e os rapeleiros paulistanos se moveram em massa até a agitada avenida Sumaré para se divertirem ponte abaixo. Priscila estava lá também e, assim como da vez anterior, viu seu namorado número 3 se aproximando calmamente com seus apetrechos. Mas agora seu espírito apenas deu de ombros. Já com a ancoragem pronta, ela não cogitou desfazê-la para se esquivar, nem apressou a descida: continuou conversando com dois ou três amigos, dando risadas aleatórias, falando sobre alguma *sitcom* americana.

O próprio Boden nem a percebeu e assim não precisou fingir não a ter visto. Instintivamente juntou-se a um colega que estava sozinho, lutando com uma corda temperamental. Boden usufruiu dessa companhia silenciosa e preparou-se para a descida, sem interagir com a energia mais expansiva dos demais participantes.

Depois que o colega saltou, Boden distraiu-se espiando o meneio da corda retesada e deslocou-se em direção à amurada até avistar o solo lá longe, abaixo do viaduto. A descida terminava no canteiro central da avenida, pouco congestionada naquela hora. A abundância de pessoas, de veículos, de ruídos, a vibração normal de uma metrópole enorme dissipava da consciência aquele terror do abismo. Na montanha real é que a alma sensível se fascina, abandonada no penhasco maior que o céu.

Boden ajustou-se ao *bouldrier* e jogou seu corpo para o outro lado do parapeito. Quando conteve a oscilação pendular da corda, olhou de propósito para baixo e lembrou-se do pânico ridículo que o acometera na vez anterior. O que é um homem, um único homem? De onde lhe viera a autoridade para sentar-se num trono de messias? E ele tinha pensado assim: sua queda teria privado bilhões de pessoas do milagre da longevidade.

Mas agora, se se largasse ao ar voluntariamente, seria apenas o seu próprio fim. Não existia descoberta nenhuma. Sua experiência era um fiasco e tudo voltava ao tédio científico de antes. Os vermes que de primeiro morriam antes de completar três dias voltaram a morrer antes de completar três dias. O que havia sido, então, aquela festa de resistência à morte? Valeria a pena estudar o grande equívoco? Talvez ele se devesse a uma estranha mutação. Certas espécies de vermes vivem mais tempo:

dez dias, quinze dias. Então as que vivem apenas três tinham passado a se comportar como essas primas mais longevas.

Boden havia persistido nos testes, quase se flagrou rezando à espera dos resultados, mas a normalidade retomara seu lugar. Antes, Boden tinha um futuro. Agora lhe restava um parquinho de especulações — era um golfista sem o taco, um pescador sem a vara. Dono somente de um passado, para recordar ou esquecer.

Sua orientadora ainda não sabia de nada. Boden pensou em contar-lhe tudo. Mas não acreditava que ela pudesse recuperar a experiência. Encarava-a como uma burocrata do conhecimento, mais afeita à descrição do que à invenção. Ela iria fazê-lo repetir aqueles testes que já lhe davam engulhos, para originar um relatório previsível e ainda publicar em revista o seu vexame.

Deslizando suavemente pela corda, recebendo a brisa com os olhos fechados, a decisão foi se consolidando em sua cabeça.

Olhou mais uma vez para seus pés suspensos, esperando ser tomado por aquela ansiedade inexplicável, aquele orgulho viciante, mas isso não aconteceu. Percebeu que estava, aliás, mais indiferente ao risco do que de hábito, o que era em si uma condição bastante perigosa.

Mas ele encerrou a descida em segurança, tocando os pés levemente no solo.

Depois de arrumar suas coisas, acenou para os colegas em despedida. Pensou em dizer que esta havia sido, agora sim, sua última vez, mas preferiu não falar nada.

Em casa, ligou o *notebook*. Preveniu o sistema de acessar o *chat* — fazia vários dias que não conversava com Dinarte, o perpetrador daquela maldição que se concretizara. Apenas navegou nas notícias, adiando o telefonema, tomando coragem. Enfim, ligou o celular e buscou o contato de sua orientadora. O objetivo era apertar o botão de chamada, mas ele acabou enviando uma mensagem de texto, concluída com as seguintes palavras:

|Estou fora da pós. Depois conversamos melhor. |

9

Fazia muitos dias que Dinarte não encontrava Boden *on-line*. Desde a discussão por *chat*, o amigo estava permanentemente desconectado — ou então o teria bloqueado, alternativa que Dinarte julgava bastante dramática para o desentendimento entre os dois.

O contato por telefone também não funcionava. As ligações para Boden nunca eram atendidas.

Pedir desculpas não era item corrente no cardápio de condutas de Dinarte. O ingrediente central dessa iguaria — o reconhecimento do próprio erro — é um condimento de pouca oferta e sem rota vinda das Índias. Substituta artificial, esta bastante farta, é a postura política: "Eu não errei", pensava Dinarte. "Mas pedirei desculpas porque é o mais adequado a fazer." Ou então porque teria muito a perder: um grande amigo, e aquela estupenda oportunidade de negócio.

Mas Boden, intrigantemente fora de qualquer acesso, parecia decidido a recusar o perdão.

Homem mais de revolta do que de desespero, Dinarte passou a uma terceira etapa assim que julgou decisivamente inútil insistir pelo celular: achou na gaveta uma anotação antiga com o telefone da orientadora de Boden e ligou para ela. Márcia Filipelli atendeu com aquela voz cautelosa de quem não reconheceu o autor da chamada. Dinarte apresentou-se com objetividade como amigo de Bruno Boden.

— Aconteceu alguma coisa com ele? — ela se assustou no mesmo instante.

— Na verdade, é o que eu também queria saber.

— Eu não sei o que aconteceu — ela explicou. — Não consigo falar com ele nem por *chat*, nem por telefone. Fui até o laboratório hoje à tarde e o zelador me falou que ele não aparece lá faz tempo.

— Ele não deu nenhum aviso?

— Nada desde que eu recebi uma mensagem de texto dele, dizendo que ia abandonar a pós-graduação.

— Abandonar? Justo agora?

— Por que "justo agora"?

Dinarte andou uma frase para trás:

— A gente conversava diariamente e ele não me falou nada sobre ter algum problema. Será que é preciso avisar a polícia?

— E a família dele?

— O único parente próximo é a avó, que está num asilo aqui em Ribeirão. É a mãe de criação.

A mãe de Dinarte, sentada no sofá à frente da televisão, assistia ao filho consternada. Percebia que, por alguns momentos, Dinarte trocava a aflição pessoal e já quase física da pobreza pelo transtorno tão espiritual causado pelo abalo numa amizade antiga. Ela voltou a aumentar o volume do aparelho depois que o filho desligou o telefone, e deixou que ele saísse sem fazer nenhum comentário.

A casa onde dona Felícia repousava não era longe. Dinarte foi a pé, sem saber o horário de visitação do local e sem ter nenhuma preocupação quanto a isso: as demandas mais triviais eram sempre urgentes para ele, que enfaticamente repelia protocolos e persuadia as pessoas comuns a agirem conforme sua expectativa.

Dinarte precisou apenas dar explicações breves na recepção da casa para que sua entrada fosse autorizada. O visitante foi encontrar a idosa numa cadeira ao lado da cama do quarto. Ela tinha uma coleção de deficiências, mas a consciência se mantinha ainda pura e muito alerta. Aguardava o jantar, depois do qual veria televisão por duas horas antes de dormir. Ela achou que Dinarte fosse o menino da limpeza e fez uma observação repulsiva, mas a enfermeira que o acompanhava chegou bem perto do ouvido dela para anunciar o amigo do neto.

— Meu neto? De novo?

A pergunta da velha espantou Dinarte.

— Não — corrigiu a enfermeira —, um amigo de seu neto.

— Boa tarde, dona Felícia — Dinarte se adiantou. — Como vai a senhora?

— Como eu vou... acha que vou bem? Não se chega a esta idade impunemente!

A enfermeira cochichou, desajeitada:

— Ela repete isso para quem vem de fora, mas quase não tem dores e sempre diz que está contente com a casa.

Dinarte não se importou com as justificativas e encurtou o diálogo:

— Não estou conseguindo falar com o Bruno. Tem alguma notícia dele?

— Ah, mas ele não esteve aqui ainda esses dias? Fazia tempo, viu?

— Em que dia exatamente ele veio?

A avó de Boden franziu a testa e travou, pensativa. Dinarte acorreu à enfermeira com o olhar suplicante, mas ela disse que não sabia.

— Três dias — decidiu-se a idosa de súbito. — Faz três dias. Veio ele junto com uma moça bonita.

— Uma moça?

— Eu perguntei, mas ele me garantiu que não eram noivos.

— E ele ainda está aqui em Ribeirão?

— Disse que ia no mesmo dia para Recife. Veio se despedir de mim porque não sabe quando volta.

Dinarte nublou o rosto perplexo.

— O que ele foi fazer em Recife? — pensou em voz alta.

— Não me explicou. Não me falou nada. Ah... cresceu, é assim.

Dinarte se esforçou para cumprir duas ou três formalidades de socialização e escapou do asilo rapidamente. Voltou para casa quase correndo, confuso e tomado pela curiosidade. Com o telefone de novo na mão, compartilhou a história com Márcia Filipelli.

— É muito estranho — ela comentou. — Foi de Recife que veio a Liza. Da Federal de Pernambuco. Será que era ela que estava com ele na visita para a avó? Mas eles não tinham se dado bem. O Bruno não estava contente com a chegada dela.

— Eu sei disso. Ele me falou.

— Aliás, eu até deixei recado para ele dizendo que ela ia voltar para Recife. Pensei que isso podia animá-lo um pouco.

— Ela ia voltar?

— Ia. O próprio professor Hugo, da Federal, me ligou para agradecer e dizer que a Liza não iria continuar em São Paulo.

Os dois ficaram calados por um tempo insuportável, pensativos. Dinarte decidiu:

— Por favor me passe os dados de como encontrar esse professor Hugo em Recife. Eu vou até lá pessoalmente.

10

Na manhã da partida, os pais de Dinarte ainda não sabiam de sua viagem. Dinarte maldisse intimamente a barulhenta comoção, que censurava a despesa graúda, imprevista e desnecessária.

O pai se ajeitou bem numa ponta do sofá para remoer, em voz bem clara, cada item de que havia se privado nos meses anteriores. Enquanto isso, o filho terminava de se arrumar simulando indiferença. A mãe, confusa, circulava do quarto à sala, ora ralhando, ora contemporizando, sem ter sucesso em nenhuma das tarefas e sem nem mesmo compreender a situação com clareza.

O argumento, já exausto, era repetido por Dinarte:

— Eu consegui um empréstimo para fazer a viagem.

— E daí? — devolvia o pai. — Empréstimo não é presente. Vamos ter que pagar.

O plural machucava Dinarte.

— *Eu* vou pagar.

Em seguida, encontrou uma ideia melhor:

— Tenho certeza de que o Bruno vai me reembolsar.

"No meu tempo se faziam loucuras para ir atrás de uma *mulher*", pensou o pai, e essa frase ficou pronta, brincando na ponta de sua língua, mas ele resistiu. À menor provocação, à menor impertinência do filho, o gatilho estava pronto para ela ser disparada.

— Eles são muito amigos — explicou a mãe, oportuna. — É coisa rara de se ver. Se o Bruno vai pagar...

Dinarte chegou à sala com uma mala não muito volumosa.

— Se eu encontrar o Bruno, vou conseguir entrar em um grande negócio. Vocês nem fazem ideia! Eu tive uma discussão com ele, preciso me desculpar pelo que fiz. Quantas pessoas são capazes de pedir perdão hoje?

— Qual é esse negócio? — o pai interrompeu.

— O Bruno fez uma descoberta científica incrível, fica difícil eu explicar agora, mas eu vou conseguir um financiamento para explorar essa descoberta, seremos sócios e ganharemos muito dinheiro.

Dinarte sentiu-se mais confortável ao dar essa explicação, enquanto despejava café em uma pequena xícara.

Ao ingerir o líquido quente, foi também aquecido pelo olhar suave da mãe. Ela parecia lhe dizer que, diferente do pai — cujo espírito se abrandara instantaneamente pela perspectiva financeira —, ela não tinha fé alguma naquele projeto ambiciosamente irrefletido, mas ao mesmo tempo aceitava a doçura do filho, aceitava sua tristeza e suas saudades do amigo querido.

***

Na aeronave, por algumas horas a cabine climatizada aliviou Dinarte do calor de sua terra. Entretanto, depois da escala por Viracopos em Campinas, ele encontrou um ensolarado início de tarde ao desembarcar no aeroporto de Guararapes. Em Recife, pelo menos, o clima litorâneo divergia qualitativamente da abafada panela de pressão chamada Ribeirão Preto, onde Deus havia esquecido de ventar. Mas nem a brisa marinha poupou o viajante dos pingos de suor escorregando pela testa.

Depois de um esforço para rapidamente largar suas coisas num hotel e partir para a Universidade, conseguiu chegar ao *campus* ainda de dia.

Ficou completamente perdido. Desceu do ônibus numa comprida avenida arborizada e sem edificações. Caminhou algumas centenas de metros até entrar no primeiro prédio que viu. Alguns adolescentes fumavam e conversavam perto da porta de entrada: vários estavam sentados no chão. Nenhum deles deu importância a Dinarte.

Dentro do edifício, a movimentação também era pequena. Dinarte flutuou o olhar pelas pessoas com a estapafúrdia esperança de encontrar Boden a qualquer momento. No processo de investigar traços físicos, modos de andar, de vestir, teve consciência de que não via Boden fazia muitos meses: como ele estaria? Mais gordo? Teria deixado barba e cabelo compridos?

O *chat* da internet os havia mantido próximos, sem dúvida. Conversavam praticamente todo dia. Antes da civilização *on-line*, o telefone sempre serviu à urgência — e também à indiscrição. Já o *chat* veio dar às pessoas o conforto de múltiplos diálogos simultâneos e a liberdade para ignorar os inconvenientes e ir tratar da vida, sem que isso interrompesse ou depreciasse essas comunicações. Assim, amigos distantes mantêm uma proximidade, uma camaradagem, e exercem a coloquialidade de forma contínua. Essas amizades não se tornam necessariamente falsas, nem superficiais — mas são virtuais. Dinarte sentiu isso ao longo dessa procura, dentro daquele prédio inespecífico da Universidade Federal de Pernambuco. Viu diversos Brunos andando para lá e para cá, ora escondidos atrás de um novo par de óculos, ora adornados por algum bizarro bigode.

Quando Dinarte decidiu que era inútil aquela busca a esmo, parou num corredor diante de uma janela atrás da qual se via, imóvel, um senhor em uma atividade indeterminada.

— Por favor, onde eu poderia encontrar o professor Hugo Freitas?

O homem, que deu um pronto suspiro solícito, percebeu em seguida o absurdo da pergunta.

— Professor Hugo Freitas? De que disciplina?

— De Biologia — respondeu Dinarte.

Novamente surpreso, o funcionário resolveu aceitar o esclarecimento.

— Eu não sei se existe algum professor de Biologia aqui. Será que está no prédio certo?

— Não sei. Não sei em que prédio estou, e não sei qual é o certo.

O homem apreciou a situação com real sinceridade.

— Será que não poderia ser o CCB?

— O que é CCB?

— Centro de Ciências Biológicas.

— Se não for, é um começo.

***

Quando Dinarte chegou ao CCB, depois de uma longa caminhada pelo *campus*, foi menos difícil encontrar informações.

— O professor Hugo Freitas? — perguntou a mulher do departamento. — O senhor é aluno dele?

— Não, eu estou procurando um amigo que deve estar com ele.

— Hoje já é quinta, esta semana ele não tem mais compromissos aqui na faculdade. Se o motivo é particular, pode procurar por ele no consultório amanhã.

Enfim relaxado, Dinarte saiu da Universidade no primeiro ônibus para a praia.

Já era noite quando desceu e pisou bem perto da areia. A praia estava iluminada, e ele achou que tinha pouca gente. Fazia muito tempo que não via o mar.

De súbito, ante aquela brisa tão saudável, ocorreu-lhe a ideia de ligar novamente. Pegou o celular e chamou o número de Boden, conforme vinha fazendo todos os dias. E, como sempre, sem sucesso. Ia sujando o tênis na areia e ligando repetidamente. A indiferença do amigo o deixava perplexo. Assim como o mar. Uma gota extravagante escorreu de seus olhos. Ele interrompeu a caminhada para guardar o aparelho no bolso e investigar o que era aquilo que começava a molhar suas faces. Só podia ser a aposta da mãe — a ternura de uma amizade forte e antiga, algo estremecida talvez, mas prestes a ser restabelecida.

Ou, então, a iminência de um grande negócio.

11

Dinarte chegou cedo ao consultório, uma casa térrea a duzentos metros da praia. A fachada branca bem conservada exibia em letras de cobre o nome do professor Hugo Freitas junto a outros três. Dinarte descobriu que ele era pediatra.

Na sala de espera havia três adultos, aparentemente separados, e apenas um deles trazia uma criança em companhia. Era uma menina, já um pouco crescida. A recepcionista, uma magrela jovem e falante, demorava-se ao telefone, tentando confirmar uma consulta.

— Eu gostaria de falar com o doutor Hugo Freitas — explicou Dinarte assim que ela encerrou a ligação.

A moça perguntou se ele tinha consulta marcada, e essa colocação tão simples e previsível acabou irritando Dinarte. A menor formalidade atacava a úlcera de seu espírito prático e direto. Ele providenciou para acelerar aquele procedimento com uma resposta dramática.

— Acabei de chegar a Pernambuco, vim de São Paulo. Um amigo meu está desaparecido, e talvez o doutor Hugo Freitas possa me ajudar.

A mulher ficou sobressaltada com a história. Levantou-se depressa e, sem dizer nada, sumiu por uma porta adentro. Dinarte ficou satisfeito, mas, para quem teve tal reação, a recepcionista demorou demais para voltar. Quando ela veio, concedeu-lhe um olhar mais desimportante e retomou seu assento calada. Logo atrás veio uma senhora de branco, que chamou Dinarte para acompanhá-la até um cômodo contíguo, que parecia uma espécie de copa.

— Eu sou a doutora Paula. Aceita um café?

Ela própria se serviu sem pressa.

— Não, senhora, obrigado. Gostaria de falar com o doutor Hugo Freitas.

— Pode me contar sobre seu amigo desaparecido?

— Por que eu não posso falar com o doutor?

— Se me contar o que aconteceu, talvez eu mesma possa ajudar, antes de ele poder vir atender.

— Meu amigo se chama Bruno Boden. É um amigo próximo. Mas faz mais de duas semanas que não consigo entrar em contato com ele. Parece que veio para Recife com uma nova colega, que se chama Liza. Essa Liza tinha ido trabalhar com o Bruno na USP, por recomendação do professor Hugo Freitas. Então, estou procurando o professor para então localizar essa Liza e ver se encontro o Bruno.

A doutora Paula parecia ter ouvido distraidamente, o que incomodou Dinarte, mas ela respondeu com conhecimento:

— Eu sei quem é a Liza. Não a vi ainda, mas fiquei sabendo que ela tinha voltado para Recife porque teve alguns problemas familiares. Mas não sei nada sobre esse seu amigo. Acho que não veio ninguém com ela.

Bastante inconformado, e decididamente inabituado à polidez, Dinarte respondeu após vários segundos pensando:

— Eu poderia falar com o doutor Hugo Freitas?

A doutora Paula sorriu, virou a última golada de café e explicou que ele estava atendendo e ia demorar para ficar disponível:

— E ele não sabe mais do que eu sobre isso, posso lhe garantir — ela completou.

Dinarte refez a estratégia:

— Eu preciso falar com uma pessoa específica da área. De Biologia. Tenho uma razão para isso.

— Eu também sou médica.

— Estou falando de um cientista, de um professor universitário.

Ela não se impacientou:

— Eu também sou cientista e professora universitária.

— Mas precisa ser de uma área específica.

— Qual? A pediatria?

— Não — ele respondeu, e demorou-se, primeiro buscando a palavra, depois decidindo se deveria pronunciá-la. — Longevidade.

Dinarte testemunhou uma transformação inesperada no semblante da doutora Paula. Desapareceu aquela suavidade ardilosa, aquele ar de contumácia, e seus olhos fixaram-se inquietos nos dele.

— Por quê? — ela perguntou, agora de fato parecendo confusa, e não evasiva. Mas Dinarte resolveu explorar a tontura da adversária para desferir novo golpe:

— Não seria melhor eu falar de uma vez com o doutor Hugo Freitas?

Ela deixou a copa, muda. Dinarte ponderou sobre o que tinha acontecido, mas não teve muito tempo: em apenas dois minutos apareceu ali na copa um homem alto, de aspecto jovem, mas com um ar de grande maturidade. Ele se apresentou como professor Hugo Freitas, perguntou o nome a Dinarte e encaminhou-o para sua sala de consultas.

— A doutora Paula ficou um pouco confusa — ele começou. — Primeiro você falou a ela que tinha um amigo desaparecido, ela me contou os detalhes, e realmente não temos mais como ajudar. Mas depois você falou que queria conversar comigo sobre longevidade. Do que se trata exatamente?

Dinarte não estava seguro de que deveria continuar naquela linha. Mas a viagem, o tempo empregado, a despesa toda — não era possível admitir que tudo acabasse resultando infrutífero. A sensação era de que aquelas pessoas não estavam dispostas a ajudá-lo, o que era incompreensível.

Como enfrentar tal contingência? Falar mais sobre o caso, e com isso revelar um importante segredo, poderia ser a solução para despertar neles uma atitude diferente.

— O senhor certamente sabe que o meu amigo Bruno é pesquisador na área de longevidade. E ele fez uma grande descoberta. Um tratamento revolucionário. Não sei como descrever, não tenho conhecimento, mas ele me contou que é algo que vai mudar a história. E isso pode interessar ao senhor e à sua orientanda.

O doutor Hugo Freitas balançou a cabeça, impassível:

— Veja bem... eu sei, ele é um amigo seu, está desaparecido e você veio de longe para procurá-lo. Mas essas coisas não estão relacionadas. Você deve ir à polícia para procurar seu amigo, e essa história de tratamento revolucionário para a longevidade não existe. Ele deve ter feito uma brincadeira com você.

Dinarte reagiu com indignação:

— De jeito nenhum! O senhor não me conhece nem conhece o Bruno. Isso não foi uma brincadeira! Ele me passou vários detalhes pela internet, que eu ainda tenho registrados.

— Está bem — o doutor Hugo Freitas resolveu transigir —, acredito no que você diz. Ele não estava brincando. Então a única explicação é que ele se enganou. Imagino que seja um ótimo estudante, mas a ciência pode ser traiçoeira, certos experimentos podem dar ideias equivocadas, que, com o tempo, acabam por ser desmascaradas. É mais comum do que um leigo pode imaginar — e a palavra "leigo" foi acompanhada de um discretíssimo gesto de mão em direção a Dinarte.

— Muito bem — suspirou ele, levantando-se —, por favor me dê o endereço ou o telefone da Liza para eu entrar em contato com ela.

— Ela não está aqui em Recife.

— Não foi isso que a doutora Paula me disse!

— Ela não pode ter dito nada diferente. Ela sabe tanto quanto eu que a Liza voltou para Recife, ficou aqui por alguns dias e viajou para os Estados Unidos.

— Ela disse que ela tinha vindo resolver problemas familiares.

— Sim. Passou por aqui, acertou algumas pendências e foi ver os pais, que moram em Miami.

Uma agonia arrepiou a espinha de Dinarte, que se sentou novamente, mas em seguida pôs-se em pé, dirigindo-se à porta para sair. Ia deixar o doutor Hugo Freitas sem se despedir porque não tinha nada a dizer e toda a sua alma estava dedicada a rearrumar suas ideias, suas informações e convicções, diante daquele desespero inevitável. Abandonado à dúvida, deteve-se à porta e conseguiu organizar pelo menos três ou quatro pensamentos, para poder falar ao médico:

— O Bruno fez uma grande descoberta, tenho certeza disso. Eu o conheço melhor do que o senhor. A longevidade dos vermes, foi o que ele descobriu. E como aplicar isso aos seres humanos. Um dia talvez o senhor viva mil anos, e vai dever isso a ele. Por isso que eu vou encontrá-lo.

12

Dinarte saiu do consultório do doutor Hugo Freitas, vagou por duas ou três ruas, matutando, e parou numa esquina para almoçar comendo coxinha. Enquanto lambuzava o salgadinho com molho de pimenta, ponderou para si mesmo: "Não se pode viver mil anos comendo esta porcaria".

Mas aquela gordura instantânea nutriu seu cérebro e acalentou sua disposição para entrar num ônibus e pôr-se novamente a caminho.

Apertado num banco entre uma passageira gorda e a parede do coletivo, Dinarte decidiu que o doutor Hugo

Freitas e a doutora Paula não eram confiáveis. Parte da história que eles contavam não era compatível com o que ele já tinha por certo. Era ainda chocante o desinteresse em ajudá-lo a encontrar uma pessoa desaparecida.

Depois de um longo trajeto, Dinarte chegou de volta ao Centro de Ciências Biológicas, onde estivera na véspera. A ilusão de encontrar Bruno estava irremediavelmente cansada: ele circulou pelos corredores, pensativo e explorador, apenas olhando os nomes nas listas, nas portas, nas placas. Aproximou-se de uma moça que, encostada de pé a um batente, lia desajeitadamente um livro e tinha um ar bastante ingênuo.

— Onde eu posso encontrar alunos da pós-graduação?

A estudante emergiu da leitura e, quando finalmente conseguiu pensar na pergunta, demonstrou patente vexame por não saber como responder. Não era mais caloura, porém os muros fechados de suas necessidades diárias absorviam sua atenção de tal forma que ela jamais havia se inteirado sobre quem eram os mestrandos de seu curso, por onde eles andavam, o que faziam. Ela não queria pôr em palavras sua humilhante condição, por isso improvisou direções claudicantes, que se resumiam a checar duas ou três portas e, em especial, "confirmar" com a secretaria do departamento.

Dinarte, que não pretendia consultar nenhum funcionário ou autoridade, ficou impressionado ao perceber que aquela informação não era fácil de conseguir. Pelo menos uma dúzia de outros alunos foram também incapazes de ajudá-lo.

Foi a sorte que o empurrou para a frente. Um rapaz abordado enquanto saía do banheiro deu-lhe a resposta mais esperada:

— *Eu* sou aluno da pós.

Dinarte se animou:

— Então você é colega da Liza?

— Liza? Liza de Rosa?

Dinarte não sabia o nome completo dela, mas, pelo sim, pelo não, assentiu discretamente com a cabeça e completou:

— A Liza que esteve durante um tempo em São Paulo.

O moço confirmou, mas parecia com pressa.

— Será que você sabe onde eu posso encontrá-la?

— Eu acho que ela não esteve aqui esta semana.

— Mas ela voltou de São Paulo, não voltou?

— Olha, eu não sou muito ligado a ela. Ela veio semana passada.

— Você poderia me passar o telefone dela?

— Não, eu não tenho.

— Não acredito que você não tenha — Dinarte comentou com displicente sinceridade.

— Problema seu — rebateu o outro, pondo-se a caminho.

Dinarte sentiu-se insultado e deu dois passos duros em direção ao rapaz, para chamá-lo à razão. Contudo esbarrou num grupo que passava e perdeu o ofensor de vista, sorte que aquietou o seu ímpeto. Um minuto depois, em vez de ficar agradecido pela casualidade, elogiou seu próprio equilíbrio e autocontrole. Avistou de novo o rapaz no fim do corredor, conversando com duas moças à porta de uma sala antes de desaparecer para dentro dela. Elas também iam entrar, mas Dinarte se apressou para abordá-las.

— Vocês conhecem a Liza? Liza de Rosa?

Uma delas conhecia. Não sabia o telefone dela, mas, para sorte de Dinarte, lembrava-se de ter ido até a casa dela para um trabalho, dois anos antes. Era na rua tal, perto de tal esquina, uma casa vermelha com duas árvores na frente.

— Será que ela mora lá ainda?

A garota não soube responder.

***

Já era final de tarde quando Dinarte conseguiu encontrar o local. As duas árvores mencionadas pela moça da faculdade ficavam diante de um muro vermelho que escondia por completo as dependências da casa. Dinarte apertou o botão ao lado de um portão de ferro e escutou a campainha soar lá dentro. Insistiu depois de um minuto. Ninguém apareceu para atender.

A rua era residencial, mas na esquina havia um restaurante com mesas espalhadas pela calçada, e Dinarte resolveu se alongar por ali pedindo somente uma bebida.

Mais de uma hora depois — conservando um último gole de cerveja morna no copo, como precaução para o caso de o garçom querer despejá-lo para fora —, ainda não tinha visto nenhum movimento na casa. Já era noite. O restaurante estava quase vazio e ninguém parecia fazer questão de sua cadeira, mas mesmo assim ele se levantou, pagou a conta e saiu.

Dinarte experimentou bater em algumas casas vizinhas. Apenas na terceira delas foi atendido, por um homem que aparentava cinquenta anos, era forte, tinha feição severa e mesmo assim transmitia um ar preocupado.

— Desculpe incomodar. Estou procurando uma pessoa que mora naquela casa vermelha. Ela se chama Liza. O senhor conhece?

O homem reconheceu o nome, mas seu semblante não esfriou.

— Parece que ninguém mora aí. É uma família que vem de vez em quando.

— De vez em quando?

O homem não desejava ser revelador, mas falar lhe parecia irreprimível:

— Eles guardam uma lancha aí, bicicletas. Deve ser gente que mora em apartamento. Eles é que pagam o vigia que fica circulando aqui na rua — ele se sentiu contente em completar.

Dinarte agradeceu muito e pediu ao homem um papel, caneta e fita adesiva, por empréstimo. Deixou um bilhete preso perto da campainha da casa vermelha, em local bem visível.

Apesar de tudo o que havia conseguido fazer, voltou para o hotel desalentado. Poderia demorar vários dias até que o bilhete fosse visto. Seria melhor voltar para Ribeirão Preto? Ou talvez ainda recomeçar do zero a busca, nos prédios da Universidade de Recife?

Com essas perguntas, adormeceu.

***

No dia seguinte, ainda de manhã, antes de tomar qualquer decisão, dirigiu-se novamente ao local. Para sua grande surpresa, o bilhete havia sido removido. Ele puxou o celular do bolso, mas não havia ligação perdida. Sua mensagem tinha sido bem clara: tratava-se de uma questão urgente, que ele deveria ser chamado em qualquer hora do dia ou da noite.

Dinarte foi tomado de uma nova irritação. Assim como acontecera no consultório do doutor Hugo Freitas, teve a sensação absurda — mas ao mesmo tempo era como se lhe parecesse óbvia — de que havia uma atitude deliberada para deixá-lo perdido e sem ação. Brotou dele a reação física de apertar arrebatadamente o botão de campainha durante pelo menos cinco minutos.

Ele passou todo o dia em tocaia diante da casa. Afastava-se para fazer seus lanches em um bar próximo, mas voltava depressa, apertava a campainha e mantinha-se em espera. Aquela revolta se transformou numa obstinação baseada na insana certeza de que ele seria recompensado.

Quando algo aconteceu, eram mais de onze da noite. Sua cabeça já havia sonhado seguidamente com a hipótese amalucada de ficar ali por mais um dia, mais dois, mais dez, mais cem. Ele estava sentado na calçada da casa em frente, do outro lado da rua. Um automóvel estacionou bem diante de onde Dinarte estava, e ele se levantou assustado. De repente veio-lhe à mente que tinha feito uma jornada terrível, que estava lidando com bandidos e que uma bala na cabeça seria, em instantes, o prêmio que mereceria por sua persistência.

Mas o evento foi bem menos trágico. A janela do carro se abriu lentamente e revelou a face nublada da doutora Paula. Ela tinha em mãos um bilhete:

— Vá a esse endereço amanhã, às dez horas.

A janela se fechou e o veículo se pôs em movimento.

13

|Estou fora da pós. Depois conversamos melhor. |

A mensagem de Bruno Boden já havia sido lançada. Ele não desejava que a orientadora o encontrasse em seguida — desligou o aparelho e o jogou sobre a cama.

Boden espalhou duas malas enormes no chão do quarto, recordando a casa tranquila que possuía em Ribeirão Preto. Havia sido alugada por algum tempo, mas agora estava vazia, castelo de toda a sua infância e herança preciosa do tempo perdido.

Roupas, livros e quinquilharias iam se amontoando desordenadamente nas malas. Outros objetos escapavam pelas suas margens ou se estendiam pelo chão. Antes de chegar perto de concluir a tarefa, Boden rumou para a sala e olhou em volta. Com seriedade, removeu lotes de livros de suas prateleiras, para empilhá-los inutilmente sobre a mesa de refeições. Retornou ao quarto, de onde apanhou uma caixa de papelão vazia que estava guardada sobre o guarda-roupa, e a levou à sala. Conseguiu colocar dentro dela alguns pequenos quadros que estavam pendurados e uma parte de seus CDs. Fechou a caixa e sentou-se no chão.

Em algum dos muitos minutos que passou estirado, apreciando inerte o baralho de ideias em sua mente, casualmente acabou por lhe ocorrer que uma viagem com tanta tralha não poderia ser nem sequer planejada antes da segunda-feira.

Era necessário retomar o controle dos eventos. Pensou em ir ao cinema, lembrou-se de uma única possível companhia e arriscou religar o celular. Depois de iniciar lentamente, o aparelho não lhe mostrou nenhuma chamada perdida. Ele fez depressa uma ligação:

— Alô! É o Coronel?

O Coronel não era coronel. Era um simples recruta de tiro de guerra, tão fanático pela disciplina militar que merecera esse apelido pomposo.

— Ele mesmo. Quem fala?

— É o Bruno.

— Bruno?

Boden conhecia o Coronel das sessões de rapel no viaduto da Sumaré. Embora o Coronel fosse também um tanto sério, e provavelmente o mais rigoroso nas atividades, era com facilidade bem mais popular que Boden.

— Bruno Boden, do rapel.

Enfim foi identificado.

— Não vou muito a cinema, não, Bruno. Só para levar a namorada, mesmo.

Uma cerveja, talvez?

— Preciso acordar cedo amanhã.

Boden reconheceu sua solidão. No inventário de pessoas e sentimentos, admitia apenas a avó e Dinarte. Na faculdade tinha três ou quatro conhecidos com quem conversava regularmente nos corredores ou nos almoços e que lhe davam a sensação de ter amigos, quando eles eram na verdade somente colegas de almoços e corredores. A orientadora era quem mais se relacionava com ele na cidade, quem mais se importava com ele — mas agora era necessário evitá-la.

Indo de carro sozinho ao primeiro *shopping*, Boden viu um filme no cinema, tomou dois chopes e vasculhou a livraria onde, de forma inusual, comprou um *best-seller* por impulso. O tempo passou conforme seu desejo, de modo ligeiro e indolor.

Zangado com a bagunça que encontrou quando abriu a porta de casa ao voltar, Boden agiu com presteza para devolver roupas, livros, CDs, quadros e outros objetos aos lugares corretos. Jogou fora a caixa de papelão e guardou as duas malas onde não pudesse mais vê-las. Deitou-se com o livro na mão e não conseguiu ir além da terceira página. Minutos depois, adormeceu, luzes ainda acesas.

Seu celular e seu *notebook* mantiveram-se desligados durante todo o final de semana. Boden se arrastou pela casa, de pijama e sem banho, dormindo incontrolavelmente, pedindo ora pizza, ora comida chinesa, até que a segunda-feira apareceu, o barulhinho da cidade trabalhadora zuniu em seu ouvido e ele viu nutrir-se a disposição de fazer alguma coisa que prestasse.

Com a ideia de contratar uma transportadora para remover todas as suas coisas até Ribeirão Preto, preferiu primeiro levar suas duas grandes malas para recolher os pertences que costumava deixar no laboratório. No caminho, foi alinhando na mente as frases — e talvez fossem necessários parágrafos — que diria a sua orientadora, caso ela estivesse esperando por ele na faculdade, as mãos nos quadris e um pezinho batendo no chão.

Ter de falar com Liza seria menos incômodo, mas isso era também uma perspectiva irritante.

Contudo Liza não estava lá. A ausência, inesperada e incompreensível, era um alívio. Ele circulou calado pelo laboratório, reunindo seus objetos e organizando sua mala. Já alimentava no espírito projetos decididos, de quem não se assusta com as adversidades e não receia transformações.

Mas em um momento da tarde, já de volta a seu apartamento, Boden teve uma iluminação fantástica que o deixou arrepiado. Era como numa partida de xadrez, em que o jogador passa vários lances preocupado em salvar uma peça, e então percebe que entregá-la agora lhe permitirá dar o xeque-mate no final.

Aconteceu quando ele viu que a orientadora havia deixado uma mensagem de voz em seu celular. Tentando afastar certo remorso, fez questão de ouvir o que ela dizia:

— Oi, Bruno, tudo bem? Olha, vamos conversar melhor. Todo o mundo tem fases péssimas na pós. Eu já não te disse que desisti umas três vezes? Desisti por um dia só, mas desisti, né? Mais uma coisa: aquela moça, a Liza, foi embora de São Paulo. Voltou para Recife. Talvez fique mais fácil para você ir ao laboratório e colocar as ideias no lugar até a gente resolver tudo isso. Não precisa desaparecer, liga para mim e vamos conversar.

Quatrocentas engrenagens rodaram para lá e para cá no cérebro de Boden, e o sopro da pequena turbina que elas giravam insuflava uma chama arredia que clareava uma ideia tão improvável e absurda que o pensamento de Boden mal podia focá-la. Mas era uma imagem que existia, e essa mera existência era tão intensa que ela se consolidou em cores e desenvolveu brilho próprio, como aqueles peixes abissais que apenas a civilização mais recente concedeu mostrar ao mundo.

Empurrado por esse evento gigantesco em seu espírito, Boden começou a agir, fazendo coisas que ele não conseguia compreender. Pegou as malas ainda fechadas com o material do laboratório, levou-as de volta ao carro e rumou para a universidade. Durante o caminho, sentia-se gelado e distante.

De novo em seu laboratório, desfez as malas e vestiu o avental. Arrumou uma nova população de vermes e retomou o trabalho.

14

Boden reorganizou seu trabalho com os vermes dividindo-os em três grupos.

No primeiro grupo, ele aplicou novamente o tratamento com a substância que havia sido sua grande descoberta. No segundo, realizou uma importante alteração: usou um preparado que tinha a mesma formulação do primeiro, mas desta vez todos os componentes químicos e outros materiais relevantes foram trazidos, completamente novos e lacrados, do estoque no almoxarifado.

O terceiro e último era o fundamental grupo de "controle", que não receberia tratamento nenhum.

Depois de algumas horas em atividade, Boden ouviu uma batida na porta. Liza não teria entrado direto? Mas ela já devia estar em Recife. Sua orientadora talvez guardasse essa elegância de avisar primeiro. Com o coração acelerado, Boden tentou acobertar sua área de ação ainda pensando se atenderia ou não. Mas era impossível evitar. Ele pôs a mão na maçaneta, estruturou um sorriso e abriu. Não havia ninguém lá fora.

Ele achou melhor esperar longe dali os resultados de sua nova tentativa. A imensa excitação o impediu de dormir direito ou de se distrair enquanto o tempo passava. Desconectado do *chat* e do celular, tentava vadiar jogando xadrez contra o computador, mas não enxergava as combinações mais simples e perdia como uma criança. Era surda a música que tocava ao fundo. Ele desejaria estar então apreciando de perto, com bilhete de camarote, cada movimento dos seus vermes amados, cada minuto da vida naquelas três bacias especialmente tratadas por sua ciência.

No final da tarde seguinte, cerca de 30 horas após o início da experiência, ele rumou para o laboratório. Ao entrar, fiscalizou as instalações e tudo lhe pareceu intocado.

O grupo de controle e o grupo do tratamento novo estavam, como era de se esperar, em perfeitas condições. Em comparação com o tempo de vida dos humanos, tinham então cerca de 30 anos e estavam saudáveis. Porém pequenas anomalias podiam ser vistas no grupo tratado com o material antigo. Alguns espécimes estavam desfigurados e mortos.

Essa primeira ocorrência estimulou ainda mais sua curiosidade. Embora ele não pudesse ter certeza do seu significado exato, ela parecia prenunciar um resultado que talvez confirmasse sua incrível inspiração da véspera.

Antes de sair, Boden apanhou numa gavetinha de papéis avulsos o bilhete quadrado onde Liza havia marcado o número do celular dela. Ele tinha desprezado a anotação, mas agora guardou o papel no bolso e dirigiu-se para perder tempo num *shopping*.

No fim da tarde seguinte, com 54 horas de experimento, Boden encontrou o mesmo cenário no momento de realizar a manutenção. O grupo que recebia o tratamento antigo tivera novas baixas. Eram ainda esparsos aqueles cadáveres relativamente jovens, mas se acentuava o contraste com a saudável geração que progredia nos outros dois potes.

Com um entusiasmo ingovernável, Boden esqueceu todos os receios e levantou acampamento no laboratório. Não era a primeira vez que passaria a madrugada naquele ambiente algo hospitalar. Um edredom velho saiu de um armário bem alto. Ele precisava proteger aquelas três civilizações de vermes que poderiam, outra vez, mudar o mundo.

Quando pegou no sono, enfastiado de biscoitos, o pensamento insistente de Boden foi se mesclando com um sonho pálido, em que objetos e animais povoavam tabelas e se multiplicavam por si mesmos... os resultados tinham um longínquo cheiro de éter... ele tentava consultar aquelas informações, mas era cegado pelo barulho de um cisne preto que grasnava como um corvo...

Dormiu pouco e mal. Quando ia ainda amanhecendo, ele se levantou e encontrou pronta energia para verificar o experimento.

Agora, também alguns vermes do grupo de controle começavam a morrer. Estavam velhos. O coração de Boden tremeu quando ele examinou o grupo novíssimo, para perceber que ali a juventude e a vida ainda dominavam.

Boden manteve-se eletricamente por toda a manhã orbitando o material. Cada morte na população antiga e na de controle dava-lhe uma alegria que era sempre contida pela apreensão sobre o que encontraria na vasilha que ele já chamava “divina”. Seu raciocínio era direto: se os vermes do grupo tratado com material antigo estavam morrendo, mas os vermes tratados com material novo não estavam, isso poderia significar que ele havia sido, em algum momento, vítima de sabotagem. Quando suas experiências começaram a dar errado, ele acreditava que estava usando exatamente a mesma formulação que vinha sendo bem-sucedida, mas na verdade as substâncias tinham de algum modo sido adulteradas. Com o material novo, ele agora esperava que isso não acontecesse. E, a cada minuto, Boden inspecionava a vasilha divina, trazia cuidadosamente seus elementos para o microscópio e confirmava que a morte não mais acontecia.

Ao fim da tarde ele, já exausto, estava convencido de que havia desvendado a história, ou pelo menos uma parte dela. Tirou o papelzinho do bolso e fez uma chamada para aquele número.

— Olá, Liza. Aqui está falando Bruno Boden.

— Bruno? — ela calou-se, surpresa.

— Eu vou ser bastante direto. Eu descobri o que você fez. Quero entender por quê. Quero entender como você soube de minha experiência para fazer uma sabotagem tão sutil.

Liza ensaiou quatro ou cinco sílabas de ignorância e estupefação, mas Boden pressionou com mais firmeza:

— Liza, já está bem claro para mim. Eu estou aqui no laboratório agora e refiz tudo, comparando o material que você sabotou com outro completamente novo. Você já deve imaginar os resultados.

— Por que você voltou ao laboratório?

— Por que eu não deveria voltar?

— Você tinha desistido da pós...

— Como você sabe disso?

— A Márcia me contou.

— Ela também me contou que *você* foi embora... e que bom que eu notei que isso não fazia sentido! E que bom que eu tentei imaginar como é que duas coisas que não faziam sentido podiam estar relacionadas! Agora me diga por que você sabotou a minha experiência. Sabe, é uma curiosidade científica minha. Não posso provar que você fez. Minha felicidade agora é continuar na minha pesquisa como antes...

— Bruno, preciso desligar...

— Não faça isso...

— Eu retorno para você daqui a pouco...

— Não precisa mentir, você...

A chamada emudeceu e Boden, a contragosto, largou o celular sobre a bancada. Cerca de quinze minutos depois, enquanto ele novamente namorava suas vasilhas, o aparelho tocou. Vendo que era o número de Liza, atendeu:

— Bruno — ela começou, em um tom tão diferente que Boden ficou arrepiado —, precisamos nos encontrar pessoalmente. Temos muita coisa para conversar.

15

Ao chegar ao endereço marcado no papel, Dinarte viu com estranhamento que se tratava de um edifício residencial — mas o bilhete não indicava o andar ou o número do apartamento que ele devia procurar.

Sonolento ainda, um hálito vulgar de café na boca, Dinarte parou em frente da entrada, pensando se devia acionar o porteiro. Enquanto refletia nisso, porém, apareceu de repente de lá de dentro a doutora Paula, que foi à rua buscá-lo com movimentos enérgicos e as feições sempre severas.

— Bom dia — ela estendeu o braço, mas o corpo se manteve numa distância prudente.

— O que está acontecendo? — ele perguntou, aceitando apertar-lhe a mão como um gesto banal.

A resposta foi um movimento para que ele a acompanhasse. Entraram no prédio, que tinha um jardim bem cuidado antes do saguão e um quadro derivado de Jackson Pollock ao lado do elevador. Subiram ao décimo andar, onde já os esperava uma porta aberta.

No interior do apartamento, Dinarte reconheceu o doutor Hugo Freitas sentado no sofá da sala, à paisana com vestimentas estritamente caseiras. Ele não se levantou. De pé estavam um homem e uma mulher que a doutora Paula lhe apresentou:

— Este é o nosso amigo Eugênio. Esta é a nossa amiga Liza.

— De Rosa? — Dinarte completou, por impulso.

Ela assentiu, mas ele nem chegou a ver seu suave aceno de cabeça — mais ao fundo lhe aparecia, surgindo de uma porta interna, a figura inequívoca de seu amigo Bruno Boden.

Os dois se aproximaram em silêncio. Primeiro um entreolhar rápido e depois um abraço, enquanto todos os outros presentes se retiravam com discrição, encaminhando-se para o interior do apartamento.

Quando o abraço acabou, eles se encararam sem medo, sem deixar que os olhos fugissem, e houve então uma íntima tranquilidade na forma como continuaram a se tocar. Era um encontro que imediatamente lhes parecia uma página nova na história que aquele silêncio fundo começava a recapitular.

O moleque moreno e de nome esquisito que circulava pela praça descalço, roendo caule de mato, não precisava de muitos incentivos para se atracar com outro garoto, menor ou maior, mais rico ou mais pobre, enquanto um círculo de bicicletas e meninos se formava ao redor, como um ringue informal para a luta.

Porém o jovem Bruno, mesmo sem teoria moral formada, detestava a guerra que podia acontecer por causa de três bolinhas de gude. Aquela briga encarniçada, igual à que mil meninos estão fazendo em algum lugar a todo instante, parecia-lhe menos trivial, quase um combate de morte.

Naquele fim de tarde em especial, o magrelo Dinarte tinha invocado com um rival de maior estatura, mas que ele julgava tolo e lento. Mesmo assim o confronto derramou maldades e assustou o mini-Gandhi do lado de fora, que rompeu o círculo de proteção feito pelas crianças que incentivavam a contenda e interpôs-se entre os lutadores como um árbitro da legalidade.

O pacifista teve de trabalhar duramente, porque a garotada queria briga e ninguém ainda tinha visto sangue. Mas a cada vez que Bruno conseguia separá-los, ainda que por poucos segundos, alentava-se na mente dos dois a dúvida sobre se valia a pena continuar o duelo. Quando o árbitro era afastado para o prosseguimento da diversão, eles voltavam a se engalfinhar mais por um sentimento de obrigação do que por desejo.

Depois de três ou quatro intervenções, a fúria toda acabou esfriando, alguns meninos até se contagiaram com a pacificação e seguraram os contendores para interromper a barbárie. O moleque grande foi mancando apanhar sua bicicleta e partiu.

— Que coisa idiota que é brigar — gritou Bruno. — Ninguém ganha e ninguém perde, ficam aí os dois machucados.

Essas palavras de bondade foram ignoradas na dispersão. Mas no dia seguinte, logo depois do almoço, Dinarte bateu na porta da casa de Bruno, que o recebeu um pouco assustado.

— Então... você é o Bruno, né?

— Como sabe que eu moro aqui?

— Você entrou no meio da minha briga ontem.

— Eu sei.

— Olha, eu não preciso da sua ajuda — Dinarte explicou, e Bruno receou que o moleque fosse partir para cima dele naquele instante. — Eu não preciso da ajuda de ninguém.

— Eu não estava ajudando. Eu só acho ridículo duas pessoas brigarem.

— Então você nunca brigou?

— Nunca.

— É mentira. Brigou ontem, para acabar com a minha briga.

Bruno achou engraçado.

— Tudo bem, tem vezes que nem eu consigo evitar. Mas é ridículo assim mesmo. No fim, todos se machucam.

— Eu não me machuquei.

— Estou vendo as marcas...

— No outro foi pior!

Bruno não respondeu nada. Dinarte recuou alguns passos, chegou perto da árvore da calçada e deu um salto, segurando-se em um galho grosso. Brincou de exercitar os braços e balançar o corpo. Soltou-se e voltou a falar:

— Quer um sorvete? Eu pago pra você.

Bruno não viu nenhum mal. Muito tempo depois acharia divertido que, no dia em que se tornaram amigos, foi Dinarte quem lhe pagou alguma coisa.

Ele aceitou, fechou a porta e rumou com o menino para a padaria. Tomaram picolés e se sentiram à vontade em presença um do outro. Nas primeiras palavras que foram trocando, começaram a ver que não combinavam em quase nada, mas isso não os afastou, e sim nutriu uma curiosidade mútua, como se cada um fosse, para o outro, uma janela para enxergar o lado de lá da vida.

Mas não se procuraram por vários dias, até que Bruno, à toa numa tarde de sábado, avistou num canto do quarto seu *skate* colorido, meio antigo porém infelizmente pouco usado. A meninada da vizinhança não lhe dava atenção — mesmo quando ele saltava num daqueles movimentos que, feitos por outras pessoas, eram prontamente elogiadíssimos como "radicais" e "maneiros".

Lembrou-se de Dinarte. Mas o novo amigo não tinha nem bicicleta.

Duas horas depois estava na porta da casa de Dinarte, com um *skate* novo para si mesmo e o antigo preparado como presente.

— Você está dando esse *skate* para mim? — questionou o moleque, mais desconfiado do que feliz. — Por quê?

— Você não quer?

— Eu não preciso ganhar nada.

Bruno tateou a experiência e articulou, com novo cuidado:

— Eu sei disso. Mas é um presente de aniversário — ele resolveu apostar.

— Falta mais de um mês para o meu aniversário.

— Para que esperar até lá? Não é melhor a gente brincar agora?

Diariamente passaram a se encontrar para treinar e compartilhar manobras. A amizade se estendeu para além do *skate*. Dinarte era o passaporte de Bruno para o mundo da meninada mais leve e vadia das redondezas — mas era comum que os dois se divertissem sozinhos na casa de um deles. Para o xadrez, Bruno não conseguiu converter o amigo:

— Precisa ter paciência e pensar demais!

A mesma declaração era ouvida quando Bruno, já a pedido da mãe de Dinarte, tentava ensinar-lhe os deveres de casa. A atividade de professor particular era divertida para Bruno, e Dinarte admitia para si mesmo que aquelas tarefas entediantes ficavam menos impossíveis com o amigo por perto, afinal aquilo tudo fatalmente derivava para jogos de papel e caneta e outras comédias menos nobilitantes.

Talvez o garoto mais pobre previsse, ou simplesmente soubesse, seu destino próximo. Um pouco mais crescido, teve de deixar os estudos para tornar-se *office-boy*.

Nessa época, os adolescentes se encontravam para almoçar juntos na quinta-feira. Bruno precisava ficar no centro de Ribeirão Preto para as aulas especiais da tarde, e Dinarte nunca tinha tempo de voltar para casa, envolvido pelo ofício das papeladas. A escolha do cinema nas sextas à noite precisava ser alternada: Dinarte desejava ver um *blockbuster* no enorme Cine Bristol, Bruno queria um filme-cabeça no Cineclube Cauim.

De resto, era o debate de amores e sonhos.

Sempre conectados pela internet, passaram a se ver muito menos quando a avó de Bruno foi para uma casa de repouso e ele, ao mesmo tempo, passou no vestibular.

Tudo isso, e as viagens que fizeram depois, a intimidade de irmãos que compartilhavam, ia sendo resgatado naqueles segundos de puro silêncio. A distância persistente, criada pela pós-graduação de Boden, era um fenômeno recente que, os dois agora entendiam, não podia nem sequer ter sido aceita.

Mas naquele momento estavam de novo frente a frente. E embora se entreolhassem de forma tão funda, os olhos de um dentro dos olhos do outro, era como se estivessem lado a lado e juntos avistassem, ao longe, os contornos de um novo rumo.

16

Com a expressão de um encanador que chegou para consertar um vazamento, Liza de Rosa bateu à porta do pequeno apartamento de Boden.

Eles não se cumprimentaram quando ela entrou. Liza se acomodou na única poltrona disponível e Boden a encarou com curiosidade.

— Vim no primeiro avião.

— Eu poderia aceitar sua explicação por telefone. Pessoalmente também se pode mentir.

Liza soltou o ar com força e refletiu para dizer:

— Eu não vou mentir. Eu realmente sabotei sua experiência.

— Isso eu sei. Não sei por quê, nem como soube o que eu estava fazendo.

— Você não é o primeiro.

Ao contrário do que ela esperava, sua afirmação não causou nenhum assombro em Boden.

— Não sou o primeiro o quê?

— A ser sabotado.

Liza não conseguia prosseguir com os esclarecimentos. Havia passado toda a viagem de avião de volta de Recife pensando nas palavras que diria, em como transmitiria aquelas ideias. Mas era uma tarefa difícil de ser executada e bastante desagradável.

— Entenda, Bruno — ela acelerou, tomando o xarope amargo em um só gole —, essa sua descoberta já tinha sido feita há muito tempo. Décadas atrás. Eu faço parte de um grupo de milhares de pessoas, espalhadas no mundo inteiro, que já utilizam o tratamento para longevidade que você pretendia desenvolver.

Ela interrompeu o discurso para que Boden tivesse tempo de apreender a história.

— Não entendi — ele confessou. — O que exatamente aconteceu décadas atrás?

Liza suspirou, chacoalhando a cabeça em negativa.

— Bruno, nós hackeamos no mundo inteiro as comunicações das pessoas que trabalham com pesquisa na mesma área que você.

— Nós quem?

— Nós. As pessoas que usam esse tratamento. Chamamos esse grupo de Luggnagg. Nós ficamos sabendo quando você fez a descoberta porque você a relatou por *chat* para um amigo, pela internet. Eu fui chamada para vir sabotar a sua experiência e fazer você desistir da ideia.

— Por quê?

— Porque acreditamos que por enquanto não é bom que se torne pública a possibilidade de as pessoas viverem por mais de mil anos.

— Mas o que é que você entende disso?

— Bruno, ouça o que eu estou falando! Eu posso parecer uma garota de 25 anos de idade, mas não sou! Eu tenho 59 anos!

Boden não sufocou o riso. Mirou os olhos de Liza, que abaixou a cabeça em desalento.

— Duvida do que eu estou falando? Você mesmo tem em suas mãos a descoberta que pode levar ao mesmo resultado.

Boden ficou sério:

— Então me mostre o seu documento de identidade.

— Ele diz que eu tenho 26 anos. É falso. Na Luggnagg, todos usamos documentos falsos, atualizados periodicamente.

Ele observou com cuidado a pele de Liza. Olhou para suas faces, suas mãos, seus tornozelos.

— Você disse que acabou de vir de Recife para me dizer isso em pessoa.

— Exato.

— Cadê a passagem do voo?

Liza dobrou o pescoço para a direita, pensativa e contrariada. Um palavrão coçou sua língua, mas ela se prontificou a tirar o bilhete para mostrar a ele. Boden verificou as informações e continuou:

— O que essa historinha tem a ver com a sabotagem?

— A minha "historinha", que é a verdade, tem tudo a ver com a sabotagem. Como eu lhe disse, não queremos ainda que esse tratamento se torne público.

— Por quê?

— Estamos sempre debatendo essa questão. Entre nós. Algum dia isso pode mudar. Até lá, tentamos evitar que alguém mais desenvolva o tratamento.

— E por que você está me contando, se é para ser um segredo?

— A sabotagem não funcionou. Agora temos que trazer você para a Luggnagg.

A conversação prosseguiu por pelo menos duas horas. As incríveis revelações de Liza de Rosa precisavam ser sempre repetidas para que os ouvidos de Boden as processassem. Na primeira vez em que escutamos uma notícia quase ilógica, as próprias frases soam como se compostas em uma gramática desconhecida. É preciso triturá-las antes de poder ouvi-las, assim como a mastigação precede a deglutição.

Com esse trabalho de minuciosa mensageira, Liza explicou a Boden que desde 1928 a Luggnagg tinha um tratamento efetivo para a longevidade. Um britânico londrino, de nome Charles Kelvin, havia descoberto em 1924 aquela mesma solução que surgiu nas experiências de Boden e então a tinha desenvolvido em completo segredo, partilhado apenas entre alguns colegas de confiança.

Esses pioneiros, assustados com a crise de 1929 e ainda em débito teórico com as inquietações de Thomas Malthus, preferiram inicialmente evitar a socialização do tratamento. A oscilante reputação das ideias malthusianas — de que o aumento da população tende a consumir fatalmente os recursos disponíveis, podendo gerar fome e degradação — encontraria um auge na Grande Depressão dos anos 1930, e o grupo de Kelvin receou sinceramente que uma explosão de longevidade seria de grande risco para a civilização.

Eles criaram, então, um programa de expansão controlada do tratamento. Para isso, selecionaram alguns milionários da época para que se beneficiassem do processo e colaborassem financiando a construção de uma comunidade à parte — misturada à população comum apenas nas aparências.

As novas famílias que entravam na Luggnagg participavam de um ritual racionalista em prol da manutenção da discrição e do segredo. Era necessário o afastamento dos antigos amigos e colegas. A organização criava suas próprias empresas para gerar trabalho a seus membros, muitas das quais eram instituições de pesquisa médica para o estudo do novo homem longevo e suas necessidades especiais.

Apesar desse cuidado, o tempo trazia mais problemas. Não era possível permanecer além de quinze anos numa vizinhança sem o risco de outras pessoas notarem a contínua juventude daqueles felizardos. Por isso, programavam-se mudanças para outras cidades e às vezes outros países. Um efeito colateral dessa solução era a solidão desses emigrantes, que se distanciavam de sua comunidade natal e também dos irmãos da Luggnagg. Isso levou à criação e expansão de novos grupos locais. Até mesmo o controle central da organização acabou precisando sair de Londres, tendo passado cerca de três décadas em Nova York antes de se fixar em Sidney, na Austrália.

O próprio Charles Kelvin, que nunca deixou de acompanhar atentamente a pesquisa acadêmica de sua área, manifestou a preocupação de que em algum momento outro jovem cientista acabasse por ter diante de si aquela descoberta surpreendente. As condições para esse avanço eram cada vez mais sólidas, as substâncias necessárias eram cada vez mais comuns nos vidrinhos dos laboratórios. O controle da Luggnagg criou estratagemas preventivos. Alguns de seus membros publicavam influentes estudos diversionistas; outros, que eram estudantes universitários reais, controlavam a atividade dos colegas; os que se tornavam orientadores entravam na pesquisa da longevidade e evitavam que os mais novos tomassem um caminho propício.

Desde o surgimento dos primeiros sistemas de BBS, nos anos 1970, a Luggnagg viu que era possível usá-los para controlar o conhecimento. Passou a incorporar e formar *hackers* para monitorar a precursora da internet, e foi estendendo a patrulha para as aplicações *on-line* cada vez mais avançadas.

Um estudante francês teve de ser sabotado em 1984, de forma semelhante à que atrapalharia Boden anos depois.

Ele havia divulgado em um fórum da BBS alguns resultados iniciais que eram indícios alentadores para uma pesquisa da longevidade. Um membro da Luggnagg adulterou criteriosamente suas ferramentas, e os estudos foram interrompidos.

A Luggnagg já estava em precisos vinte países diferentes. As cidades mais populosas, que mais dispersam e obscurecem seus cidadãos, eram sempre as escolhidas. Em 1965, chegou o primeiro grupo ao Brasil. Instalaram-se no Rio de Janeiro. Em 1990, expandiram para o Recife. Um grupo de cariocas e pernambucanos estava naquele momento preparando uma nova "colônia" Luggnagg, para a cidade de Porto Alegre.

— Hoje estamos numa situação bem diferente — ponderou Boden. — Por que é necessário manter isso em segredo ainda?

— Como eu já lhe disse, às vezes debatemos a questão. Mas a inércia produz tradição. E agora há outros temores envolvidos.

— Então eu vou entrar para a organização? O que isso significa?

— Isso é um pouco mais fácil porque você tem uma família bem pequena. A assimilação será mais rápida: é só você.

— Mas eu vou ter de me afastar de... amigos, por exemplo.

— Não precisa ser abrupto. É um afastamento contínuo, leva anos, até que as pessoas simplesmente se esquecem umas das outras. Agora você vai para Recife e começa o processo. Se necessário, pode mudar para outro país.

— E meu trabalho como biólogo?

— O professor Hugo Freitas irá transferir você para a Federal de Pernambuco e você concluirá seu doutorado. E então irá trabalhar para a Luggnagg. Ganhará bem e será beneficiado pelo tratamento.

— Para viver por quanto tempo?

— As estimativas variam entre 900 e 1200 anos.

Boden levantou-se lentamente, esticando as pernas rígidas que formigavam enquanto ele se aproximava da janela. Olhou o prédio ao lado, parte da praça à esquerda, onde duas meninas brincavam no balanço. Eram pequenas, ariscas, eram saltitantes e alegres, mas Boden sentiu-se mais jovem do que elas.

— Por que você anda tanto a pé? É necessário para o tratamento?

Liza riu:

— Não. Nem todos pensam como eu, mas alguns de nossos membros resistem firmemente a andar de automóvel. São veículos em que se corre grande perigo de vida, quando se pensa numa existência potencial de cerca de mil anos.

Boden voltou a sentar-se e encarou Liza:

— E eu estou sendo convidado porque a sabotagem deu errado e eu acabaria continuando a pesquisa, certo?

Liza franziu a testa e demorou para responder. Alterou o tom para explicar, com os olhos apertados:

— Eu falhei. Se quer saber, esta é a situação exata: você vai usufruir de minha falha. Você vai entrar para a Luggnagg porque eu errei quando tentei sabotar sua pesquisa.

— Mas você não errou.

— Se eu não tivesse errado, não estaríamos aqui conversando. Eu fui apressada. Queria voltar logo para Recife. Não pense que a longevidade nos traga paciência. Estamos sempre querendo viver o momento. Fui apressada. Deveria ter feito você enfrentar pequenos problemas ao longo de muitas semanas. Minha estratégia correta seria arquitetar e construir sua frustração. De tempos em tempos deveria surgir para você uma esperança, que seria categoricamente derrubada pelos fatos. Você iria ser consumido pela dúvida. Os resultados seriam cada vez mais incompreensíveis e até contraditórios. Você nunca conseguiria repetir os mesmos resultados por mais que observasse todas as minúcias do processo. Você iria ficar louco e abandonar para sempre as tentativas vãs. Isso é o que eu deveria ter feito para você.

Boden suspirou:

— Quando viajamos?

17

O primeiro desembarque foi na cidade de Ribeirão Preto.

Liza acompanhava Boden para sua despedida da avó, numa aparelhada casa de repouso situada em uma rua bastante tranquila. A fachada ampla tinha um ar residencial moderno, nem um pouco hospitalar.

Boden devia a ela essa visita. Ele, que sempre temia que a última visita acabasse sendo a derradeira, agora estava prestes a fazer uma consciente despedida.

Dona Felícia estava dormindo depois de ter almoçado. A enfermeira conduziu os visitantes ao quarto. Tratando-se do filho de criação, ela não fez nenhuma objeção protocolar e permitiu que eles aguardassem ali dentro enquanto a idosa não despertava.

— É um sono leve que ela tem — explicou. — Não se importem se ela acordar, é normal.

Liza evitou encarar a velha e sentou-se numa poltrona no canto mais afastado da cama. Boden aproximou-se de dona Felícia e esticou as mãos para tocar em sua face, mas conteve o gesto com receio de assustá-la.

Lembrou-se de que não chorava fazia muito tempo. O dia quente, o sol lá fora ensejavam a lembrança de outras claridades, dos tempos em que aquele anjo de sua meninice o paparicava com guloseimas e solucionava todas as suas atribulações.

Mas as recordações que se tornam de algum modo mais comoventes são aqueles momentos tortos, tão simples, proporcionados mais por ingenuidade que por heroísmo, no acaso do cotidiano, certamente logo esquecidos pela mãe, mas marcados para sempre na criança que cresce: olhando aquele rosto, veio à sua memória o dia em que ela foi buscá-lo na escola e o levou para um caminho diferente.

Era véspera do Dia das Crianças: ela tinha ouvido no rádio o anúncio de um parque de diversões um tanto ordinário, distante e sem maiores atrativos — mas que sabia que seria um gigante colorido para o menino pequeno. Ela se entusiasmou com a ideia de lhe dar essa surpresa e alegria.

Naquela tarde ele riu, girou em brinquedos grosseiros, correu, emporcalhou-se de caramelos e amou um pouco mais aquela mãe postiça.

Boden suportou a sensação de doçura revivida, fechou os olhos, manteve-os apertados por um instante e eles permaneceram secos. Ao reabri-los, encontrou os de dona Felícia agora já abertos, quase arregalados para ele:

— Você dorme de pé, meu filho?

Ele riu e a abraçou.

— Como vai, minha mãezinha?

— Aqui entrevada!

— Ah, que dramática! Você não está entrevada, use as palavras no sentido correto, viu? Estão tratando você bem aqui?

— Ai deles se não tratassem! E não vai me apresentar para sua noiva?

Boden soltou uma risada:

— Não é noiva nenhuma, mãe! É uma amiga da faculdade.

Liza sorriu pela primeira vez, mas escondeu o gesto depressa e se levantou por cordialidade, dando apenas um passo à frente.

— Mãe, eu precisava lhe dar um abraço — Boden mudou de assunto — porque pode ser que eu fique um tempinho mais longo fora daqui. Estou me transferindo para Recife.

A velha riu:

— Está bobo, menino? Em Recife não tem USP!

Boden achou engraçado:

— Claro que não, eu vou para a Federal de Pernambuco.

— Mas você não tinha me dito que a USP era a melhor faculdade do Brasil? — ela se preocupou.

— As Federais são ótimas também, e acontece que agora é lá que existe um projeto importante para a minha carreira.

— Você é que sabe, meu filho — e ela sorriu satisfeita.

No pequeno silêncio que sucedeu ao diálogo, Liza, ainda de pé, levantou o olhar para Boden questionando se a visita estava terminada. Mas ele não lhe devolveu o olhar e ela desistiu, voltando resignadamente para a poltrona.

Dona Felícia abriu a boca de novo, agora para falar de suas leves desditas, do excesso de comprimidos, da dificuldade de tomar banho, da comida que às quintas era desagradável, da enfermeira noturna que deveria ser mais simpática e outras observações aleatórias. Boden conseguia captar algumas palavras e o sentido geral das lamúrias, mas passou a ouvir melhor seus próprios pensamentos enquanto encarava a idosa com um estudado sorriso complacente no rosto. Entendia então que o pior problema daquela mulher tão querida não eram os insetos, nem a artrite, nem mesmo a solidão do fim, mas sim que tudo havia se tornado tarde demais para ela. Conforme Liza lhe explicara durante a viagem, ao descrever mais e mais novidades sobre a organização Luggnagg, não era recomendável aplicar o tratamento a pessoas com mais de 50 anos de idade. Mesmo aqueles com mais de 40 podiam ter efeitos colaterais sérios. Assim, restava-lhe saborear aquela culpa da sobrevivência, lamentar que teria acesso a um maravilhoso futuro que seria negado à avó.

Mas era realmente culpa dele? Se a Luggnagg tivesse publicado e difundido o tratamento algumas décadas antes, em vez de escondê-lo e ativamente minar todas as prospecções promissoras da pesquisa secular, talvez sua avó tivesse agora a aparência de uma jovem e a perspectiva de um longo futuro ao lado dele. Boden, porém, chacoalhou a ideia para fora do cérebro: o cientista sabe que a realidade é completamente indiferente às hipóteses.

Depois de permanecer pelo tempo que lhe pareceu suficiente para saciar a avó de sua presença, Boden decidiu que era hora de partir. Dona Felícia protestou primeiro e compreendeu em seguida. Recebeu mais um abraço e comentou antes de eles saírem:

— Eu entendi que ela não é sua noiva, mas se um dia for está aprovada. É uma moça muito bonita.

Fora do quarto, Boden parou uma enfermeira no corredor para perguntar sobre as condições gerais da avó.

— Ela tem os problemas físicos de todas as pessoas idosas — ela explicou atenciosamente. — Mas graças a Deus é muito lúcida, mais consciente do que outras da mesma idade. O melhor não é isso, seu Bruno. Diferente de muitos que, naturalmente, tornam-se mal-humorados com o tempo e sofrem bastante com a solidão, ela é alegre, contente com a vida. Ela diz que viveu muito, e muito bem!

Boden agradeceu depressa para poder desviar o rosto da enfermeira e sentir-se mais confortável com os olhos que começavam a se umedecer. Ia realmente chorar, quando se assustou com um grito:

— Um rato!

Uma faxineira, de aspecto mirrado e jovem, apareceu correndo, vindo do pátio interno, e foi repreendida pela enfermeira.

— Calma, Maria.

Em poucos segundos surgiu também a enfermeira-chefe, indisfarçavelmente zangada, que só conteve a bronca na funcionária por ter percebido a presença de visitantes.

— Estão construindo um prédio aqui nos fundos, e as escavações fizeram aparecer um ou outro rato nos últimos dias — falou a primeira enfermeira para Boden. — Mas estamos fazendo o possível para evitar que eles apareçam para os internos.

Ao longo dessa explicação, alguns idosos surgiram nas portas de seus quartos, a tempo de ouvirem a enfermeira-chefe anunciar para a faxineira:

— Chama o Tadeu.

— Sempre tem que chamar o Tadeu — riu um velhinho.

Mas a ratazana entrou pelo corredor, perto de onde eles estavam, apavorando de novo a faxineira, que fugiu arisca por outra porta. As enfermeiras se afastaram, sem ação, e Boden pensou que imediatamente devia assumir o controle. Ia pedir uma vassoura para enxotar o bicho para a rua, quando desequilibrou-se com o movimento de Liza, que avançava furiosa para o rato em uma firme perseguição.

O animal mudou de direção já temendo a agressora e foi em linha reta pelo corredor, espantando todos os internos para dentro de seus quartos. Liza naturalmente alcançou depressa o execrável invasor e, pouco antes que ele pudesse se salvar no estreito vão sob um armário, deu naquele corpo bojudo um pisão de grande impacto.

Um guincho arrepiante irradiou-se pelo corredor. Boden deu alguns passos à frente enquanto as enfermeiras imóveis viravam o rosto com repugnância. Liza golpeou a criatura ainda outras vezes, prensando-a contra o rodapé da parede. Era inútil resistir, os uivos ouvidos em seguida foram fracos e esparsos, até que um fluido púrpura começasse a inundar o chão claro do asilo.

18

No aeroporto de Guararapes, em Recife, Boden e Liza foram recebidos no portão de desembarque por um homem de nariz enorme e compacta cabeleira escura. Foi apresentado como Pedro Lanete.

— Ele parece ter 30 anos — Liza disse. — Mas tem um ano a mais do que eu.

Boden surpreendeu-se e os acompanhou até o estacionamento. Seu olhar a interrogou quando ela entrou no automóvel.

— O Pedro dirige devagar e bem — ela se justificou.

Com o carro em movimento, Lanete começou a falar, com um leve sotaque francês:

— Você está entrando numa organização muito séria e importante. Aqui no Brasil, eu respondo por ela. Tudo que você precisar me informe. Tudo. — Ele fez uma pausa. — Apesar do que aconteceu, você não está entrando na Luggnagg pela porta dos fundos. Recebemos todos pela porta da frente e com a maior atenção. O passado não importa, pense no futuro e veja a si próprio como uma pessoa especial. Para nós, tão especial como nós mesmos.

Boden ouviu de Pedro Lanete que ele seria inicialmente hospedado em sua própria casa, até que lhe fosse providenciada uma moradia definitiva. Dirigiam-se para um edifício que era inteiro da organização.

— São 30 apartamentos, todos já ocupados. Mas nosso zelador vive numa pequena residência na parte de cima do prédio, e estamos precisando demiti-lo. Já está conosco há oito anos. É um bom funcionário, mas não podemos conservar ninguém trabalhando lá por muito tempo. Os faxineiros trocamos antes de completarem cinco anos.

O automóvel mergulhou na garagem do edifício. Enquanto subiam ao apartamento, Boden mantinha-se atento às explicações de Pedro:

— Você descobriu uma substância semelhante à rapamicina, mas ainda mais semelhante à que chamamos, em nossos laboratórios, de luggmicina. Ela é desconhecida da comunidade médica universal. Ainda estamos estudando suas ações, mas ela tem um efeito espantoso nos lisossomos.

O apartamento de Pedro Lanete era do século 21. A decoração farta não parecia roubar espaço do ambiente.

Naquela atmosfera tão clara, Boden foi encontrar à espera deles um homem bastante parecido com Pedro.

— Não é meu irmão — Pedro sorriu. — É meu filho Pascoal. Ele *realmente* tem trinta anos.

Boden cumprimentou-o aliviado:

— Eu estava com medo de que me dissessem que você é o *pai* dele.

Deixando os lábios duros, Pascoal sorriu apenas com os olhos:

— Teria sido divertido, e eu conseguiria convencer você de que era.

— Ah... — suspirou Pedro — o Pascoal se acha muito maduro. Sabe o que acontece? Ele foi privado de ver os mais antigos criarem rugas e envelhecerem de verdade. Então não *enxerga* a experiência que temos. Com a sabedoria, vem a alegria, e ele ainda é jovem e muito compenetrado, acha que somos todos bobos.

Pedro persuadiu Liza a preparar um café. Ela desapareceu por uma porta e o anfitrião continuou, sentando-se junto aos outros:

— Além disso, meu filho é o maior opositor da organização.

— Não é nada disso — ele protestou. — Faça as apresentações de maneira apropriada!

— E como seria uma apresentação apropriada?

— Eu acho que deveria haver a universalização. Só isso. Não sou *contra* a organização.

Boden circulou entre eles um olhar desinteligente:

— A universalização — Pedro Lanete explicou — é aquilo que deve estar na sua cabeça nos últimos dias. Seria a transmissão de todos os nossos conhecimentos para a sociedade. É importante você saber uma coisa: essa questão é um debate saudável que nós não somente toleramos, nós incentivamos. Um dia talvez a gente perceba que os prós passaram a pesar mais do que os contras, e nesse dia revelaremos ao mundo nosso segredo e espalharemos o tratamento para todos.

Pascoal não parecia empolgado com o discurso:

— Meu papel aqui é ser usado pelo meu pai para *demonstrar* a você que existe uma liberdade de expressão na Luggnagg. Mas não se anime demais com isso, siga por enquanto a cartilha porque você nem recebeu o tratamento ainda.

— Não precisa ser cínico! — repreendeu o pai. — O Bruno vai receber o tratamento e trabalhar com a gente. Isso já está decidido. *Existe* liberdade de expressão na Luggnagg. O que não existe é a possibilidade de termos duas atitudes, sendo uma contraditória com a outra. Ou mantemos o segredo ou realizamos a universalização. Enquanto a decisão for o segredo, precisamos respeitá-la. — Ele voltou-se para Boden. — Periodicamente realizamos uma convenção. Houve uma há três anos em Sidney. O Pascoal e um rapaz da Rússia, o Mikhail, palestraram longamente defendendo a universalização. Aplaudimos, mas a decisão final foi contrária. Depois podemos conversar melhor sobre isso. Agora é hora de tomar esse cafezinho.

Liza trazia uma bandeja com quatro xícaras fumegantes. Depositou-a na mesa de centro e esperou os demais se servirem. Porém Pascoal se levantou com outros planos:

— Não quero café. Vou sair um pouco. Está muito quente.

Acenou para os demais e retirou-se, já sem tempo para ouvir um último comentário de seu pai, sussurrado a Boden:

— Parece rebelde, mas é totalmente leal e importante para a organização. Não é porque é meu filho, mas o menino é inteligentíssimo.

Pascoal desceu impaciente pelo elevador e saiu caminhando pelas ruas de Recife, sem rumo. Observou as pessoas passando e perdeu qualquer pressa. Lentamente, chegou à praia.

Não estava com trajes de areia, mas avançou pelo menos até a calçada do mar, para olhar as ondas e sentir a brisa. Num carrinho ambulante, pediu um sorvete. Notou os cabelos bem brancos do vendedor, entristeceu como quem vê uma doença horrível, e ficou chocado com o enorme sorriso que partiu daquele velho incurável:

— Gelado e delicioso, senhor!

Pascoal não lhe devolveu o sorriso. Pagou e deixou o troco. Afastou-se dos agradecimentos o mais rápido que pôde. Olhou o palito na mão e viu como um desafio aquela crosta de gelo com sabor de uva: abriu a boca e mordeu firmemente com os dentes de cima e de baixo diretos no sorvete, sentindo o arrepio horroroso cruzar sua espinha enquanto um de seus olhos piscava em espasmo.

Recuperado, continuou caminhando e chupando o sorvete, apenas se lembrando — como quem nunca, nunca se esquece — da época em que morava numa casa bem longe dali, e tinha uma doce vizinha que nunca mais reviu, e bons amigos na rua de cima, e ótimos amigos na rua de baixo, todos destinados a envelhecer tão rápido e a viver tão pouco tempo.

19

Naquela sala do décimo andar, Boden concedia a Dinarte merecidas explicações.

— Eu não imaginava que você viria atrás de mim até aqui. Isso foi uma loucura. Andar por aí, fazer plantão na frente de uma casa vazia, tomar chuva... se eu tivesse sabido antes, teria pedido para que trouxessem você mais depressa.

— Eu tentei ligar muitas vezes...

— Não uso mais aquele celular. Não estou mais na Universidade de São Paulo. Agora terei uma carreira aqui em Recife. Desculpe pelo desaparecimento, mas é que tudo isso aconteceu justamente quando você falou aquelas coisas no *chat* e realmente me deixou aborrecido.

Dinarte apressou-se:

— Eu peço desculpas!

— Não precisa. Tudo bem.

A alma inflada de Dinarte repousou, com o gesto finalmente realizado. Ele se recostou melhor no sofá e seus olhos procuraram a luz da janela.

— Mas me diga o que aconteceu — o rosto voltou-se para Boden. — Por que veio para cá?

— Aqui eu descobri condições melhores para fazer o que é preciso.

Dinarte conteve a respiração discretamente para suportar aquela evasiva abstrata:

— Não entendo, você tinha me falado horrores dessa moça. Eu acho que você não entendeu direito minha proposta, o dinheiro envolvido. Quanto é que estão lhe oferecendo para trabalhar com eles?

Boden suspirou. Tirou o olhar do amigo e levantou a cabeça para o teto. Refletiu em silêncio por um minuto, que Dinarte preferiu não interromper. É impossível dizer a uma pessoa que existe um segredo que ela não poderá saber, e ainda desejar que ela aja de forma colaborativa. Desde que debatera o assunto com Pedro e Eugênio, Boden sabia que não poderia ter esperanças de que Dinarte se confortasse com uma branda ignorância. Mentir também não tinha cabimento, pois nada poderia justificar toda aquela situação diante de uma amizade sólida e antiga — a não ser a verdade.

— Dinarte, eu vou lhe contar tudo o que aconteceu desde o início.

Depois de ouvir da boca de Boden toda a incrível história da Luggnagg, Dinarte manteve-se absorto por um tempo, a cabeça algo enterrada nos ombros, os olhos semicerrados e perdidos num canto da parede. Ainda que cada palavra do amigo soasse como um grande resumo do improvável, ele ao mesmo tempo enxergava que somente aquele relato fantástico era coerente com todo o mistério que o rodeava desde que havia chegado à capital pernambucana.

— Por que isso é um segredo? — ele conseguiu perguntar.

Aquela era a pergunta mais difícil que um novato da Luggnagg poderia enfrentar. Mas Boden já tivera alguns dias para estudar meticulosamente a dinâmica da organização e sentia-se preparado para fazer a introdução do amigo naquela ciência.

— Não há uma resposta simples e direta. Você ainda vai entender por quê. Dinarte, se a Luggnagg e seu tratamento forem revelados para a sociedade comum, haverá um imenso caos. Haverá problemas sociais, religiosos, políticos, econômicos, haverá problemas de toda ordem. Eu sei que essa descoberta parece apenas benéfica, algo que deveria ser distribuído de forma altruísta a cada cidadão, a cada ser humano sobre a Terra. Mas, pelo menos por enquanto, acredite no que estou dizendo: universalizar o tratamento poderia conduzir a um colapso da civilização.

— E isso será para sempre? — Dinarte refletiu. — Então você está me dizendo que eu tenho que sair por aquela porta, esquecer que eu tenho um amigo e voltar para minha família, para em algumas décadas morrermos todos enquanto você ainda estará jovem e com novecentos anos pela frente para viver?

Boden sempre soube que Dinarte, apesar da rasa formação escolar, era bastante esperto, direto e tinha uma visão global e clara das ideias. Enquanto ensaiava uma resposta, viu o amigo prosseguir:

— Para você, Bruno, pode ser fácil fazer isso. Você não tem ninguém. Não tem uma família, só uma avó num asilo, que logo vai morrer mesmo. E só um amigo... *eu*.

Boden suportou a provocação com tranquilidade. Era necessário habilitar-se em fleuma para lidar com Dinarte — ainda que essa própria fleuma tivesse o condão de irritar o amigo ainda mais.

— A universalização do tratamento está sendo ativamente reconsiderada. Mais cedo ou mais tarde ela acontecerá, mas é preciso encontrar um modo de fazer isso sem que o mundo acabe antes por causa dela. Aliás, eu mesmo participarei de um grupo de estudos com a finalidade de descobrir essa maneira e implementá-la.

— Sim, é fácil para você. Você vai ser tratado. Mas o que acontece com as pessoas que poderiam aproveitar *agora*? É justo deixar isso exclusivo para uma *elite*?

— Dinarte, nós temos consciência de que essa situação é delicada. Por isso concordamos em convidar você, seus pais e seu irmão para a Luggnagg. Seus pais estão numa idade limite, mas ainda assim tratável. Vocês poderão se mudar aqui para Recife inicialmente, e a organização dará bons empregos para todos. Talvez nos mudemos de país em breve, e farei questão de ficar sempre com vocês.

Dinarte levantou-se agitado, chacoalhando a cabeça com movimentos rápidos do pescoço e enfiando as mãos nos bolsos das calças:

— Eu não acredito que você está dizendo isso.

Boden suspirou, prevendo o pior:

— Não tem como as coisas serem perfeitas, Dinarte.

— Você não percebe o que você mesmo está dizendo. Você não percebe. Você quer que as pessoas de minha casa abandonem a família... meus primos, meus tios... todos os nossos amigos... você quer que a gente vire as costas para todas essas pessoas. É tão ridículo que é difícil de acreditar que você realmente tenha falado isso.

— Aqui não tem espaço para idealismo. Você é que não percebeu ainda, Dinarte. Mas você está cansado, precisa relaxar, refletir e compreender que nós estamos numa situação muito especial. Não é ideal, mas não existe alternativa.

— Você está querendo me comprar!

— Não estou querendo nada! Não vê que a organização é muito maior do que eu? Não vê que nós dois, não apenas eu, mas *nós dois* estamos agora submetidos a uma ordem completamente diferente do que pensávamos ser possível?

— Bruno, é melhor começarmos a discutir em outros termos, porque eu não vou aceitar nada disso.

Boden foi taxativo:

— Não existe a opção de recusa, Dinarte.

— Como assim?

— Isso não depende de mim, mas você não pode sair daqui com esse segredo.

Dinarte debochou:

— Eu vou ser *preso*, é isso?

— Eu sei como é difícil para você, mas você precisa aprender a racionalizar sobre certos assuntos. A Luggnagg é uma organização grande, forte, e não está prejudicando ninguém. Não está prejudicando absolutamente ninguém. Você poderia viver, envelhecer e morrer sem ter ouvido falar dela, como, aliás, já aconteceu com muita gente e, pelo menos por mais um tempo, vai continuar a acontecer. Você até pode estar certo ao dizer que é mais fácil para mim, mas eu também não tive escolha. Esse é o ônus do conhecimento: nós dois sabemos demais, e agora precisamos lidar com a situação. A situação se impõe aos nossos gostos e aos nossos ideais.

Dinarte voltou a se sentar, calado. Eugênio e Liza de Rosa entraram na sala. O silêncio permaneceu por muito tempo.

20

Pascoal Lanete circulava pela rua do Riachuelo, observando com indecisão os covis disponíveis.

Seria cedo demais para aquele gênero de recreação? Mas já havia meninas que transitavam pelas calçadas e às vezes entravam, com vagar e displicência, por portais luminosos.

Ou seria, então, imoral a sua prática? Mas Pascoal já frequentara locais como aqueles antes. Uma vez, cinco vezes, dez, vinte vezes. Sempre numa urgência física, como a de uma cirurgia inadiável, que acabava levando a uma satisfação insípida.

Ele queria se assegurar de que as meninas estavam ali sempre por vontade própria. Não podia colaborar para perpetuar a escravidão. Gostava de vê-las andando para lá e para cá, assim sentindo que elas eram livres.

Se fossem totalmente livres, estariam barganhando a intimidade por algumas dezenas de reais? Então quase não há quem seja livre. Talvez um cubículo, um fone de ouvido e um terminal de computador sejam uma experiência ainda mais massacrante para os deserdados sem perspectiva de melhor carreira.

Remoídas essas e outras questões pela enésima vez em seu cérebro naquele instante mais propenso à volúpia que ao raciocínio, Pascoal abordou a primeira que lhe pareceu apetecível e tinha um sorriso alegre. Ela o encarou como se com alguma espécie de amor. Seus olhos disparavam a atmosfera de um desejo. Ele tateou as palavras, mas à distância do corpo, querendo perguntar, sem ofendê-la, quais eram os detalhes dos serviços prestados. Ela não teve pudor de ser direta, listando os itens incluídos, as restrições, o período a ser despendido e os correspondentes emolumentos.

Pascoal se sentiu moderadamente aliviado. Via que a menina agia com liberdade e teria até certo gosto pelo ofício. Embora possa haver clientes rudes e exigentes, ele não era assim. A menina ganharia a noite com um trabalho honesto e sem enfrentar nenhum percalço desagradável.

Encaminhado a um quarto próximo, Pascoal sentiu o vexame brotar no coração. Certificou-se de que os transeuntes viviam suas vidas e não o estavam vigiando. Sentiu-se melhor quando enfim ficou a sós com a jovem profissional.

Ele pensou, mas não conseguiu falar, que gostaria de ver a menina fazer movimentos brejeiros, cheios de rotações e talvez algumas translações, como as que ele apreciava em certos programas de televisão especializados. Mas ela, agora, já não o amava mais. Tirou bruscamente toda a roupa e em instantes estava nua, numa nudez toda indiferente, que passeou do quarto ao chuveiro e do chuveiro ao quarto, num trânsito vazio e burocrático.

O pagamento já havia sido feito, mas Pascoal demorava para receber sua parte disposta em contrato. A menina emitia um leve ganido contínuo e sem expressão. Pascoal procurava tirar proveito daquela pele macia — mas nunca podia se esquecer da deterioração vindoura, do limitado prazo de validade daquela pagã num mundo de ignorantes. Tentando afastar esse pensamento, e lançando mão de outras imaginações, ele subitamente foi recompensado pela insistência.

Novamente vestido, Pascoal saiu caminhando pela rua do Riachuelo, o semblante nublado. Não, aquilo não era imoral. Imoral não era. Era inútil. A cirurgia terminava sempre em sucesso, mas deixava sob a sutura um oco inacessível.

Como um erro sempre justifica o seguinte, Pascoal pegou seu celular, buscou o nome de Amanda e fez uma ligação.

Uma hora depois, num restaurante amplo à brisa marinha, ele recebeu a amiga em uma mesa cercada do odor de pratos pesados de peixe.

— Que bom ver você! — e ela deu nele um abraço sorridente, um abraço lascivo de atriz magra e intensa.

— Bom ver você também — ele arremedou, desprovido de embocadura para tal frase, que soava perdida, até falsa, em sua voz.

Pediram algo do menu de comidas e depois avançaram ao cardápio de tópicos. Checaram os livros lidos, os filmes vistos, os discos ouvidos, fizeram a sintonia fina das aspirações políticas, falaram mal de três pessoas e bem de uma.

— Você diz tanta coisa interessante, Pascoal. Podia virar dramaturgo.

Ele sabia que a amiga tinha essa impressão somente porque ambos compartilhavam sobre o mundo pontos de vista semelhantes. Como seria desagradável apontar esse fato a ela, ele preferiu ficar estupidamente calado. Agradecer seria insincero. Mas depois do silêncio ele encontrou uma frase cabível:

— Apenas isso não faz um artista.

Em seguida ela levantou-se para ir ao toalete. Pascoal ficou satisfeito com a pausa. Tomou mais dois goles de vinho e pôde trocar ideias com o pensamento interior. A distância da amiga o fez respirar mais naturalmente, a liberdade atuando de novo em seus gestos. Mas ela retornou tão depressa que insuflou em Pascoal um inesperado pico de extroversão:

— Você faz xixi de pé?

Amanda riu como quem entendeu tudo de imediato, e ela, ao contrário de Pascoal, tinha muitas respostas prontas e argutas, dentre as quais escolheu uma ao acaso, sem maior análise de suas propriedades:

— E você sempre controla meu xixi?

Ele sorriu sem graça, o que a divertiu ainda mais.

— Você sabe que eu tenho um grande interesse por você — o vinho falou, sem comedimento.

— Não é interesse nenhum — ela desdenhou —, é só um desejozinho básico.

Pascoal em princípio não compreendeu. Depois sentiu uma espécie de tristeza, que ele tentou esconder com um gole e duas garfadas. O que era um sentimento? Amor, paixão, palavras, palavras. Aquele era o momento de dizer que não. Que não era um mero desejozinho. Que tinha por Amanda aquela vontade simples de conviver. Que sentia que toda aquela alegria dela também o libertava. Que ela o completava e que ele poderia completá-la, que juntos seriam um casal original e feliz.

Mas como dizer algo que implicaria levá-la para dentro da Luggnagg? Como iniciar um relacionamento de longo prazo com alguém cujo longo prazo estava fadado a ser talvez vinte vezes menor do que o seu próprio?

Injusto, portanto impossível. Pascoal tinha aquela honestidade doentia que o paralisava ante a oportunidade de enganar qualquer outra pessoa. Sabia que era uma exceção, uma aberração evolucionária, um poço de genes recessivos ou o exemplo de uma mutação esporádica, que gera um indivíduo talvez inteligente, talvez saudável, talvez forte, mas com um tipo de consciência que o torna praticamente inviável de se reproduzir.

Amanda não poderia ser trazida para o seu convívio. Nem ela nem nenhuma outra. Pascoal se apaixonava com uma periodicidade semanal. Mas a vida que ele via pelos olhos, fértil de amores, estava vedada para si. Embora ninguém o visse assim, ele era de uma das tribos mais restritas do mundo, fechada aos mortais como se fosse a religião mais divina.

Se bem que isso não era totalmente verdade — Pascoal pensava, enquanto o silêncio ia se esticando sobre a mesa. Algumas pessoas entram. Aquele Bruno Boden estava entrando. Mas a ordem vinda do comando central em Sidney era que no Brasil não se encampasse ninguém. Somente os mais poderosos, quase todos na Austrália, tinham essa liberdade. E mesmo assim num processo sempre muito circunstancial. As pessoas em geral têm famílias grandes. E, com a internet, estavam se ampliando de tal forma — todos mantendo cada vez mais contato uns com os outros — que a tendência era que se tornasse quase impossível incorporar uma pessoa à Luggnagg sem precisar carregar junto uma enorme leva de irmãos, primos, cunhados, sobrinhos e quejandos.

Amanda tentava devolver a animação à mesa fazendo comentários picantes, mas encarava agora um Pascoal desanimado. Insistia:

— Mas como foi sua primeira vez?

Ele pensou um pouco para encontrar a melhor maneira de enfocar o assunto:

— Com uma mulher 29 anos mais velha.

Amanda ria, mas Pascoal sabia que ela tinha entendido completamente errado.

***

Mais tarde, com a mente relativamente alterada, Pascoal chegou a seu apartamento e encontrou o novo hóspede Bruno Boden lendo um livro na sala.

— Você está bem à vontade — disse para provocar o visitante.

— Obrigado — Boden desentendeu.

Pascoal se aproximou lentamente e esparramou-se no sofá ao lado:

— Você pensa que entrar na organização é bom?

Boden olhou para ele e apenas acenou de forma levemente afirmativa, tentando antes de mais nada compreender a pergunta.

— É horrível — Pascoal prosseguiu. — Você se sentirá isolado. Perdido.

Como Boden percebeu a embriaguez e permaneceu calado, Pascoal mudou a estratégia:

— Mas você já é perdido e isolado. Aliás, é só por isso que será aceito. Porque não tem família, não tem ninguém. Essas pessoas que te tratam com carinho... não seria assim se tivessem que trazer vinte parentes junto com você.

Boden considerou a afronta com sua peculiar frieza. Resolveu alegar:

— E o que então eles fariam se eu, do lado de fora, simplesmente quisesse continuar minha pesquisa? Afinal, também sou um descobridor do tratamento.

— Continuar? — Pascoal respondeu em tom de deboche. — Não ia continuar coisa nenhuma. Que pesquisa? Coisa nenhuma. Eles iam arrumar para afastar de você qualquer orientador. Nunca ia ter nenhum financiamento. E, se conseguisse algum dinheiro, então iriam armar para tirar de você toda a credibilidade. Para tirar de você a confiança dos pares. Para as revistas lhe fecharem as portas. Para os laboratórios lhe tomarem as chaves. Para a vida lhe tirar o sossego. O que é que você sabe? Você não sabe de nada. Não ia continuar pesquisa coisa nenhuma.

Boden o ouviu com paciência:

— Você está bêbado — sussurrou, certo de não ser ouvido. Fez um trejeito com os lábios e voltou a ler seu livro.

21

O apartamento de Eugênio, coordenador do Controle do Segredo no Brasil, ficava no décimo andar. Naquela tarde em que Dinarte descansava fechado num cômodo ao fundo, o dono da casa explicava a Boden que seu auxiliar Gustavo, ali também presente, era o advogado responsável por todas as questões de documentação da Luggnagg:

— Quando necessário, ele é que irá lhe fornecer novas certidões. Mas isso ainda deve demorar.

Pedro Lanete apareceu em seguida para juntar-se a eles:

— Onde está a Liza? — questionou, distraído.

Eugênio e Gustavo se entreolharam:

— Foi para o apartamento dela — arriscou o primeiro.

Pedro refletiu:

— E isso está bem para você?

— Eu acho melhor dar a ela esse descanso — argumentou Eugênio. — Ela é perfeccionista. Em tese, fez um excelente trabalho, como sempre. Mas está desapontada com o que acabou acontecendo. Está deprimida. Ela acha que causou todo o problema. Ela já tinha ficado aliviada quando percebemos que o Bruno poderia vir para a organização, que afinal seria um acréscimo para nós, e que a suposta falha dela tinha se transformado em uma coisa boa. Mas essa história do Dinarte mudou a leitura...

Boden conteve um sorriso.

— Muito bem — Pedro começou. — Precisamos decidir o que será feito com o Dinarte.

Boden adiantou-se:

— Ele está muito nervoso. Estou preocupado. Ele disse que vai à polícia denunciar cárcere privado.

Os três olharam para Boden com uma expressão indiferente. Depois de um silêncio, o advogado Gustavo decidiu explicar:

— Isso é contornável. Não tem importância.

Pedro apressou-se em dizer:

— Em primeiro lugar, nós vamos tentar convencê-lo. Mas já mandei distribuir um comunicado no prédio para uma reunião no começo da noite em meu apartamento. Gustavo, você não precisa estar presente. O Edmundo vai acompanhar você para levar o Dinarte até o João, e depois até a dona Evelina.

Boden acenou a cabeça ligeiramente. Não acreditava que aquelas pessoas fossem persuadir o velho amigo. Felizmente ninguém percebeu seu movimento, e foi Eugênio que propôs:

— E se ele não se convencer?

O silêncio sobrepujou vários desejos de voz. Pedro chegou a emitir um som gutural, ficando o resto da ideia perdido em seu íntimo.

— Mas o que ele pode fazer? — Gustavo falou, verbalizando a questão essencial que todos haviam temido levantar.

— Está bem, vamos ser claros — Pedro resolveu. — A situação é nova para nós. Completamente nova. Em que ponto estamos? Até aqui, fizemos o que tínhamos de fazer. Tentamos manter o Dinarte afastado, esperando que ele fosse embora. Ele não foi. Antes que pudesse causar algum problema, nós o trouxemos até aqui para falar com o Bruno. O Bruno lhe ofereceu um lugar para ele e para a família. Mais do que isso, não podemos fazer. Então esperamos que ele se convença de nossas razões, aceite talvez um bom dinheiro e esqueça o assunto até que a universalização seja possível.

— Minha pergunta — Gustavo retomou — é: o que ele pode fazer? Como ele poderia revelar nossa situação? A documentação que temos é impecável. Eu garanto isso. Seria engraçado ele apontar para qualquer um de nós e dizer "você tem 60 anos". Quem ia acreditar nisso?

— Acho delicado — ponderou Pedro. — A documentação é impecável, sim. Mas ela é segura para o uso normal. Para o uso em que ninguém se faz a absurda pergunta sobre se temos a idade que aparentamos. Se ele conseguir pelo menos convencer alguém a questionar, a investigar de fato, podem começar a aparecer inconsistências. Não podemos dar uma margem para isso.

Pedro suspirou, contendo uma continuação, mas Boden a imaginou: "Já demos muita margem para problemas neste caso". Eugênio é que tomou a palavra:

— Não existe a possibilidade de uma mudança em massa? O controle não falou sobre uma ocupação em Auckland?

— Eu não acredito em uma ocupação da Luggnagg em Auckland. É um ponto vulcânico. Dizem que são vulcões extintos, mas no nosso caso temos tempo o bastante para desafiar a estatística.

— Bem, se não for Auckland, será Taipé. O que eu quis dizer é que uma mudança em massa, e, claro, em sigilo, nos tiraria do alcance de denúncias.

— Não dá para fazer uma mudança em massa tão depressa — esclareceu Pedro. — Isso é planejado durante anos. Não podemos manter o Dinarte aqui por muito tempo.

Decidido a desincumbir-se de um pensamento que flutuava em sua mente desde o início da conversa, Gustavo retomou a palavra:

— Eu acho que o pessoal da Austrália vai simplesmente dizer para a gente se livrar da pessoa.

Olhos chocados voltaram-se para o advogado. Pedro assumiu antes que Boden fizesse qualquer intervenção.

— É claro que nós vamos nos livrar dele! O problema aqui é o que ele vai fazer quando estiver livre. Já disse, confio no seu trabalho, mas uma denúncia que leve a uma investigação especializada pode acabar nos denunciando!

Boden sorriu diante da excepcional manobra de Pedro. Isso até o acalmou. Pensou em aceitar a situação, mas o demorado silêncio que se seguiu o incentivou a observar:

— Pedro, acho que o Gustavo estava cogitando a hipótese de vocês calarem permanentemente a voz de meu amigo.

Pedro suspirou. Ele virou o corpo totalmente para o convidado, como se a ideia tivesse sido do próprio Boden, e não de Gustavo:

— Bruno, a Luggnagg preza a vida. A descoberta central, o tratamento, que é o fundamento da nossa organização, comprova isso. Uma vida humana para nós é até mais valiosa do que para as outras pessoas.

— Mas, se é assim, por que o tratamento não é compartilhado?

A curva no canto dos lábios de Boden denunciava a ironia, mas Pedro preferiu uma resposta incisiva:

— Por tudo o que conversamos, por tudo o que você viu, ainda não está convencido das nossas razões para a manutenção do segredo?

Boden converteu para uma expressão séria:

— Sim. Estou, sim. E quero estar convencido também de que a vida do meu amigo não está em risco.

Pedro concentrou seus olhos nos olhos de Boden:

— A vida de seu amigo Dinarte não está em risco — pronunciou com precisão.

Eugênio balançou a cabeça afirmativamente, concordando com Pedro, convicto. Gustavo se manteve apenas calado.

22

Dinarte só pôde sair do elevador depois de Gustavo. Atrás dele, apareceu Edmundo. Gustavo girou a maçaneta e abriu a porta do apartamento à esquerda, fazendo somente a sua voz entrar:

— Boa tarde? Senhor João?

— Não me chame de senhor, seu ignaro! — ouviu-se lá de dentro.

Edmundo riu com Gustavo, e orientaram Dinarte a segui-los. A porta foi trancada atrás deles. Dinarte encontrou no sofá da sala a primeira pessoa que lhe parecia ter mais de trinta anos naquele prédio. Era surpreendentemente careca. O homem falava alto e cultivava um ar excêntrico, como quem tenta ser divertido e, para a própria sorte, de algum modo consegue.

— Tenho um tratamento para viver mil anos. Mas não me arranjam nada para a calvície.

Em seguida veio outro gracejo, e Dinarte foi convidado a se sentar com uma terceira piada. A seriedade, contudo, não abandonava seu rosto. O anfitrião calou-se e olhou para Dinarte durante um tempo.

— Já lhe disseram o que veio fazer aqui?

— Vou ganhar um presente — Dinarte explicou. — Um livro. Estou muito contente.

João soltou uma risada desproporcional à sutileza e simplicidade do cinismo de Dinarte. Em seguida levantou-se e buscou na estante ao lado uma brochura desbeiçada, que foi transferida de imediato para a mão do visitante.

— *Apocalipse Luggnagg* — sentou-se João, anunciando o título que Dinarte examinava. — Fui eu que escrevi. Já tinha ouvido falar?

— Não.

— Não gosta de ficção científica?

— Não sou de ler muito.

— Mas devia. É ótimo para a nossa informação e para a nossa imaginação. *Apocalipse Luggnagg* é uma obra de ficção científica. Isso para quem é de fora da organização. Para nós, é "realidade científica". Porque fala, adivinhe, da descoberta de um tratamento para prolongar a vida humana em centenas de anos. O comando central adorou e permitiu que fosse lançado para o grande público. Não é engraçado as pessoas lerem sobre um caso verdadeiro pensando ser uma invenção? Em geral, é o contrário! — ele riu para Gustavo.

Dinarte resolveu perguntar, com uma expressão nublada e a voz sombria:

— Vou ter que fazer uma prova deste livro?

O anfitrião gargalhou de novo e continuou:

— Não é preciso, se você não quiser. Eu posso lhe contar. Quer que eu conte?

Dinarte levantou os ombros.

— Claro que eu lhe conto. Sem falsa modéstia, é um livro importante por causa do impacto que causou. Meus leitores debateram na internet e a maioria concorda que, "se esse tratamento existisse", deveria ser mantido em segredo da maioria das pessoas. Não é engraçado?

Dinarte não pareceu concordar.

— Como expliquei, é uma ficção científica — o escritor continuou. — Também é uma distopia. Sabe o que é uma distopia? É uma narrativa que mostra coisas terríveis acontecendo no futuro, pelo simples fato de a humanidade não ter tomado cuidado no presente. Os leitores de ficção científica adoram distopias. Eles querem ver o circo pegando fogo. Não sou eu que vou contrariá-los. Deixo isso para os sabichões, os literatos. Os meus leitores querem a distopia, eu vou distopiá-los até a última vírgula.

Embora Gustavo estivesse acomodado numa cadeira, Edmundo tinha se conservado em pé. Ele fez um sinal ao colega e se retirou para o hall.

— No começo de minha história, uma coisa interessante acontece. Era uma vez um cientista que sem querer descobriu uma maravilhosa substância que tinha o poder de fazer as pessoas viverem mais de mil anos. Eu não preciso, lá no livro, descrever como é essa maravilhosa substância. Para quê? Detalhes técnicos não têm serventia alguma ali dentro. O importante para a leitura são os fatos e as pessoas diante de uma situação. A gente deve aceitar a primeira fantasia e ir em frente. Na história, começa então uma grande euforia. O cientista está contentíssimo: junta-se a seus pares, desenvolvem um tratamento para os seres humanos e dão a notícia nos meios de comunicação como grandes heróis. Um financiador cria a empresa que produzirá as formulações. Resolvem chamar essa empresa de Luggnagg, inspirados pelo livro *Viagens de Gulliver*... talvez você também não o tenha lido, mas nesse livro, do escritor Jonathan Swift, o personagem principal chega a uma ilha chamada Luggnagg, e nesse lugar existem alguns habitantes que são imortais. São os struldbrugs. De início, Gulliver e o leitor logo imaginam que são as criaturas mais bem-aventuradas que existem. Mas então explicam ao viajante que ocorre o contrário. Eles são imortais, porém continuam envelhecendo normalmente. Aos duzentos anos, um pobre struldbrug é mais careca do que eu, é desdentado, horrendo e mergulhado no mais intenso desespero e desejo pela morte.

Após tomar um gole de água, o locutor mudou brevemente de tom:

— Aliás, por isso sempre disse que nossa organização *não deveria* se chamar Luggnagg... afinal envelhecemos com saúde. Mas isso é outra história. As pessoas que dão nomes às coisas devem ser desculpadas por sua superficialidade.

Retomou o entusiasmo para continuar a história:

— O tratamento da Companhia Luggnagg começa a ser produzido, para que as pessoas possam viver por mais de mil anos. O que acontece então? De imediato, os telefones não param de tocar. É verdade que os ricos são a grande minoria no nosso planeta, mas isso não quer dizer que sejam *poucos*. Se apenas um milésimo da população mundial for rica, já podemos contar quase sete milhões de pessoas. E o melhor que elas podem querer pelo seu dinheiro, comprados que já estão os iates, as mansões, os carrões e, eventualmente, até outras pessoas, é o quê? Sim, a imortalidade. Porque viver mil anos é praticamente ser imortal, não acha? Então agora imagine a fila de milionários, todos querendo o tratamento *agora*. Os produtores tentam atender a demanda, dinheiro deixa de ser problema, muitos galpões e funcionários são providenciados, mas há problemas sérios no estoque da matéria-prima e também na disponibilidade de gente qualificada. O tratamento não é fácil de implementar, e, nesse sentido, fui fiel ao que conhecemos aqui na organização. É preciso fazer um soro a cada oito meses. Precisa haver um grande controle de qualidade, e não é qualquer um que pode aplicá-lo. Por isso, para atender a todos aqueles interessados, foi gerada a necessidade de uma alocação de espaços e de recursos simplesmente inviável.

Naquele instante, escrevo exatamente assim no livro: "era o primeiro momento da civilização em que dinheiro não podia comprar tempo".

João arranhou a garganta, tomou mais um pouco de água e prosseguiu depressa:

— Se você imagina o que um milionário furioso pode fazer quando não consegue comprar o que quer, pense então no que pode fazer uma multidão desatendida. Pois a classe média resolve fazer coro com os bilhões de pobres, exigindo os mesmos direitos. A empresa, a Luggnagg da história, tenta estabelecer metas, enquanto faz de tudo para aumentar a produção, delegando franquias para todas as grandes cidades do mundo. Mas quem pode esperar tanto tempo? Você, por exemplo, até pode. Na minha história, os jovens eram os mais tranquilos. Um adolescente, qualquer pessoa com menos de quarenta anos não precisaria se afobar. Porém os mais velhos estavam desesperados. Às portas da morte, com doenças sérias ou simplesmente o corpo já enfraquecido pela idade, desejavam o quanto antes entrar na bem-aventurança da Ciência. Acontece que na minha história sou sempre fiel ao nosso tratamento verdadeiro, que não pode ser oferecido a pessoas muito velhas e doentes porque... *o tratamento não rejuvenesce*. Aí, sim! Os muito velhos seriam eternos struldbrugs. Mas não é possível explicar isso para uma multidão. Uma multidão não vive de explicações. Uma multidão vive de derrubar paredes a marretada. E os inteligentíssimos heróis da companhia descobrem que seu genial produto tinha sido capaz de criar os seres mais infelizes da história da civilização: aqueles velhos que chegaram um pouquinho depois, que nasceram tarde demais para a fortuna, e que terão de morrer calados vendo que a felicidade tinha sido construída somente para a geração seguinte. A partir de então, toda morte era culpa da malfadada companhia Luggnagg, que não conseguia atender a todos. Mesmo os mais jovens e saudáveis, tranquilos por si próprios, estavam desesperados para tratar os pais, os avós, para incluí-los na Grande Salvação. Muitos vão bater às portas dos governos. As prefeituras, as assembleias, os ministérios, não há órgão público de nação no mundo que não fique às voltas com imensas rebeliões de pessoas que esperavam encontrar naquele prédio sua redenção. O colapso da economia é anunciado: as portas estão fechadas, as fazendas estão às moscas, todas as pessoas colocam em primeiro lugar a busca daquele milagre do qual ninguém iria modestamente desejar ficar de fora.

João parou e fez um silêncio um pouco maior. Ele parecia empolgado para continuar, mas sabia que a pausa duradoura daria mais força ao relato que se seguiria. Dois tons calculadamente abaixo, ele prosseguiu:

— E então, meu amigo, começou a acontecer o inimaginável. Aquelas criaturas haviam ficado ensandecidas por causa do inestimável preço da vida, que todos prezavam acima de qualquer outro bem. Eram pessoas normais, muitas religiosas, e eram benevolentes, eram pacíficas, ou pelo menos haviam sido. Mas quando parentes ou amigos morriam, porque milhares de pessoas morrem diariamente, e todos viam que existiam milionários e felizardos, ou ainda políticos e outros privilegiados sendo bem-aventurados com a graça do tratamento... isso lhes dava o desejo de se vingar. Pessoas tratadas começaram a ser terrivelmente assassinadas. Suas vidas, que sem a descoberta poderiam ter durado mais algumas décadas, eram agora exterminadas apenas poucas semanas depois de elas se crerem imortais. E a envolvente ideia de imortalidade havia ganhado tal peso cultural nas mentes e nas almas, que os assassinos pareciam temer que as próprias execuções pudessem ser difíceis ou reversíveis. Tinham a noção absurda de que os tratados poderiam resistir a um tiro na cabeça ou no coração. Por isso os assassinatos se tornaram brutais, frequentemente com decapitações e desmembramentos.

João fez uma pausa rápida:

— Claro que os favorecidos começaram a perceber o que estava acontecendo e viram que precisavam agir com dureza. Tomaram conta de arsenais e viabilizaram o tratamento de forma rápida para grande número de militares, o que lhes deu uma grande vantagem de combate, mas enfureceu ainda mais a turba. A cada dia, cada novo ser humano a ser tratado migrava de um exército para outro: ao levantar-se da cadeira do soro, contente com a dádiva, sabia que passara a ser como um dos alvos que ele mesmo tentara matar na véspera. A guerra estava apenas começando. Os países menos desenvolvidos e extremamente pobres, que não haviam merecido nenhuma franquia da empresa, organizaram-se e marcharam para as nações favorecidas, onde seriam uma terceira força na luta. O mundo se torna um caos, pois não existem mais tranquilos. Numa guerra normal, há duas partes, com seus soldados embarcando para o perigo, mas uma maioria de civis relativamente protegida, muitos devendo fazer o possível para manter a produção de alimentos e de armas, o que dá ainda uma certa ordem a esse contexto deplorável. Não no caos do planeta Luggnagg, onde o bem maior é tão grande que cada indivíduo o deseja com a máxima urgência. Não é possível organizar, não é possível privilegiar, não é mais possível falar e ouvir. Grandes multidões começam a ser bombardeadas pelos favorecidos. É um número impiedoso de baixas. Os favorecidos se retiram sorrateiramente de cidades onde sedes da companhia precisam ser abandonadas, para que em seguida essas cidades ainda repletas de manifestantes desatentos sejam dizimadas por bombas de hidrogênio. Ao longo de meses, a tendência passa a ser que a guerra um dia termine com a inevitável vitória dos favorecidos, que herdariam contudo um mundo modificado e profundamente destruído.

João fez uma pausa bem rápida para um gole de água e retomou com o mesmo tom:

— Mas há multidões demais, que continuam surgindo como zumbis. Muitos até parecem mesmo zumbis, e os desfavorecidos percebem que perderão a batalha, que agora ficarão definitivamente distantes do tratamento, e que só lhes restaria continuar sendo derrubados em cilada após cilada, se insistissem em perseguir os poderosos favorecidos. A vingança final é uma aparente trégua, seguida meses depois por um maciço e sorrateiro ataque de antraz nas linhas dos favorecidos, que vão morrendo em bandos para desespero de todos. E assim, após tanto tempo de uma contenda sanguinária, restam no mundo uns poucos focos de tribos quase primitivas, os favorecidos sem acesso à continuidade do tratamento, um cheiro de carniça contaminando a atmosfera e a desesperança compartilhada pelos corações de quem agora lamenta ter sobrevivido a toda essa tragédia.

João interrompeu a locução, com certa pompa na voz. Bebeu da água até o final. Dinarte acenou brevemente com a cabeça, não demonstrando convencimento, mas atestando que tinha ouvido com atenção.

O anfitrião não voltou a se pronunciar, mas Gustavo se levantou da cadeira e tomou a palavra, dirigindo-se a Dinarte:

— O que você acha de ir conhecer agora uma história pior do que essa?

23

A reunião da Luggnagg tinha uma excêntrica semelhança com uma festa de jovens solteiros — mas em que a música está baixa e todos os presentes estão sóbrios. A pontualidade dos membros e o grande interesse despertado pela presença de Dinarte fizeram com que, em apenas alguns minutos, passasse a ser difícil de se movimentar pela ampla sala do apartamento de Pedro Lanete.

Ele capturou as atenções e começou a palestrar com serenidade. Resumiu a história do invasor sem nenhuma precipitação. Todos estavam estáticos e atentos a ele, exceto Liza de Rosa, que caminhava por entre as pernas, sussurrando licenças, até chegar à porta de vidro da sacada, em cujo batente Boden amparava o ombro, as mãos segurando um copo com um líquido preto.

— Venha comigo — ela lhe murmurou entre dentes, apontando o lado externo.

Boden torceu as sobrancelhas, mas a seguiu. A alguns passos da porta se debruçaram na balaustrada.

— Por que você não me preveniu do temperamento desse seu amigo? — ela começou.

Boden imaginou aonde aquilo poderia chegar. No primeiro impulso, absorveu a pergunta simulando tranquilidade e agiu para ganhar tempo.

— O que quer dizer? — soltou, respirando com uma tonalidade calculadamente neutra.

— Eu tenho certeza de que você sabe o que eu quero dizer. Vai continuar me tratando como uma mocinha? Às vezes as rugas fazem certa falta...

— É melhor você dizer, assim mesmo — ele continuou, a guarda alta. — Diálogo sério para mim é palavra depois de palavra. Sou um cientista. As entrelinhas eu deixo para os retóricos.

— Nós fomos até Ribeirão Preto porque você precisava se despedir da sua avó. Estávamos lá. Eu tive o trabalho de o acompanhar para que tudo funcionasse. Você precisava ter me avisado sobre esse psicopata. Eu faria você se despedir dele corretamente. Nada disso estaria acontecendo agora.

— Eu havia tido uma discussão com o Dinarte — ele explicou depressa. — Não está correto esse tom que você está usando.

— Não seja mimado — Liza manteve a inflexão. — Eu não vou levar a culpa sozinha. Você tinha que ter me falado sobre esse...

Boden interrompeu:

— Modere a língua para falar do Dinarte. E depois me passe o contrato de culpa para eu assinar, está bom assim?

Boden voltou para dentro da sala, onde viu que Pascoal estava de pé, no centro das atenções e, já com a palavra, retomava seu insistente discurso em defesa da universalização do tratamento.

— ... porque é claro que situações como esta se tornarão cada vez mais comuns — ele explicava, mais com brandura do que com eloquência. — A Luggnagg precisa crescer. Por mais eficiente que seja a atual gestão, a economia mundial está em risco, e em breve será necessária a cooptação de mais pessoas que possam nos trazer novos financiamentos. Mas a entrada de membros tem diminuído porque as relações vão se estreitando: as famílias por afinidade e os grupos de interesses comuns proliferaram na internet, ninguém mais consegue desaparecer dos velhos amigos e dos parentes afastados, como antigamente. Se insistirmos no segredo, a tendência é aparecerem outros Dinartes.

Enquanto ele avançava nessa preleção, Boden entreouviu um comentário paralelo, murmurado por alguém um pouco atrás dele:

— O Pedro precisa mandar vir uma noiva para o Pascoal...

Risos abafados não desviaram a atenção do orador, que encerrava sua prédica sob esparsos sinais de reprovação. Sem esboçar nenhuma contrariedade, e até manifestando um ar de dever cumprido, Pascoal retirou-se da tribuna postiça e procurou por Boden. Chamou-o também a um canto da sacada, de onde Liza já havia se afastado:

— Bruno, eu poderia lhe fazer uma pergunta?

Boden acenou positivamente, pois Pascoal havia esperado pela resposta.

— O seu amigo Dinarte: como ele é?

Naquela noite, as perguntas estavam difíceis para Boden.

— O que você quer dizer?

— Fiquei um pouco impressionado com a história dele. Veio atrás de você e não descansou até o encontrar. Ele é determinado.

— É teimoso — retificou Boden.

— Parece que ele é bastante leal.

— Você está traçando um perfil psicológico?

— Eu quero conhecê-lo, é uma pessoa interessante. Não posso demonizá-lo pelo que está acontecendo.

— Ninguém pode.

— Você sabe onde ele está agora?

— Sei. O Gustavo está com ele, foram conversar com o senhor João.

Pascoal sacudiu a cabeça:

— Ah! Claro! Vão ver se ele engole toda aquela bobagem do apocalipse. E o próximo passo você já sabe: uma visitinha para a dona Evelina.

Boden terminou sua bebida quieto para frustrar Pascoal, que decerto esperava sua réplica. O silêncio entre eles lhes permitiu que ouvissem três ou quatro frases de Eugênio lá na sala, tentando explicar a todos qual era a reação que esperavam de Dinarte, e por que confiavam que ele partiria logo no dia seguinte. Pascoal aproveitou essa declaração para prosseguir, como se Boden é quem houvesse falado.

— A história do senhor João tem lógica, mas não acha que é exagerada?

Boden resolveu responder alguma coisa:

— Uma questão de estilo.

— Não, é a história. Você acha mesmo que tanta gente iria querer imediatamente o tratamento, a ponto de pararem fazendas, pararem fábricas, a ponto de serem derrubadas todas as ordens do dia? Em primeiro lugar, os religiosos são sempre contrários a toda tentativa de o homem "brincar de Deus", como eles dizem. Bruno, milhões de pessoas chegam a se abster de *sexo* em obediência a seus pastores! Ou então recusam anticoncepcional, ou recusam transfusão de sangue, ou recusam o uso de células-tronco! Os poderosos dessas religiões nem sempre seguem o que eles próprios dizem, mas fazem muita gente seguir. Em segundo lugar: e todas as pessoas que estão fartas da vida? Muitos se suicidam, não? E os que não se suicidam vão sobrevivendo, contentes de se aposentar e encarar o fim. E existem ainda os que não estão preocupados. Se tanta gente quisesse mesmo *viver*, haveria muito mais visitas regulares aos médicos e melhoras de hábitos. A predominância dos vícios demonstra que muita gente não está tão preocupada com a longevidade. A revelação do tratamento não teria nem de longe o impacto que o livro sugere.

Boden achou melhor antecipar sua posição:

— Eu acho que a organização está certa. Não que seus argumentos sejam ruins. Mas você sabe que a situação é complexa. Aliás, você ainda tira bastante proveito da Luggnagg.

— Que proveito?

— É uma vida garantida a que você tem. Suporte financeiro constante. Suporte médico permanente para uma vida saudável de mais de mil anos.

— Isso não muda nada na minha posição, seria assim também com a universalização. Teria minha mesma vida "garantida" e seria mais feliz pelo fato de os outros também usufruírem.

— Não sei — replicou Boden, a fala mansa omitindo uma crescente empolgação de provocar Pascoal —, você tem uma vida tão boa que, no fundo, deve ter medo de perdê-la com uma universalização eventualmente problemática. Por isso não *se entrega* realmente à causa. Prega com o pé atrás. Faz seus discursos e já fica satisfeito.

Pascoal calou-se entristecendo, movimentando os músculos da face para evitar acusar o golpe. Sacudiu a cabeça com um leve sorriso forçado, uma vez que se percebia obrigado a manifestar indignação. Calculou a frase correta:

— Você acabou de chegar, acabou de me conhecer, e ainda não sabe do que sou capaz.

24

Enquanto Edmundo esperava de pé ao lado de Dinarte, Gustavo batia de leve à porta do apartamento de Dona Evelina. Não acionou a campainha e aguardou com paciência. Apesar da demora, não insistiu. Finalmente a porta foi aberta lentamente, surgindo atrás dela uma moça loura, com a inevitável aparência de juventude.

Ela deu passagem aos visitantes em silêncio, mantendo um semblante severo e introspectivo. Encaminhou todos à sala, esperando que se sentassem, mas Edmundo ficou de pé perto da porta, enquanto Gustavo se arrumava no sofá, onde Dinarte também achou conveniente sentar-se.

Sentia-se entrando numa atmosfera mais saturada. Havia um breve odor de vinagre no ar, e a arrumação da casa lhe pareceu definitivamente mais despojada do que a das dos demais membros da Luggnagg. Chegou a imaginar que ali viviam pessoas comuns, exteriores à organização.

Quando a mulher também se acomodou, Gustavo apresentou-a a Dinarte. Era Eloísa, irmã de dona Evelina.

— Nós éramos três irmãs — ela começou, de uma forma tão direta que espantou Dinarte. Parecia um guia turístico com um cinto abastecido de frases prontas. — Morávamos na Inglaterra, quando o comando central da Luggnagg ainda se estabelecia lá. Faz quase quarenta anos que as coisas aconteceram: foi em 1970. Minha irmã Evelina tinha 42 anos. Era viúva e sem filhos, perdeu o marido muito moço. Edith tinha 35 e era solteira assim como eu, que tinha 33.

Dinarte não prestou a atenção nos números e não adivinhava o propósito daquela explanação, mas a anfitriã continuava:

— Nós não éramos da organização e, claro, não tínhamos a menor ideia de sua existência. Então Edith se apaixonou por um homem chamado Alfred. Ele também se apaixonou por ela. Eu e Evelina ficamos felizes por nossa irmã e já antecipávamos um lindo casamento. E de fato Alfred veio até nós e falou com nossa mãe sobre o noivado. Disse que se mudaria para o Brasil, trazendo Edith como sua esposa. Depois disso reuniu nós três e falou que era um dos líderes de uma organização secreta que nos faria viver por mais de mil anos. Pensei na hora que era um louco religioso, fiquei com bastante medo, mas então fomos apresentadas a outras pessoas e, no final, compreendemos. Nós viajaríamos e seríamos tratadas.

Dinarte achou ter notado algum gesto de Gustavo, e Eloísa acelerou a narrativa.

— Tudo isso aconteceu, porém houve um grande problema. Nossas idades eram um pouco arriscadas para o tratamento. Edith faleceu. Ela teve uma pneumonia, ficou muito grave, ninguém afirmou com certeza se a culpa foi do tratamento. Já a Evelina pareceu normal durante mais de um ano, e então ela passou a ter um distúrbio muito estranho. Mas já tínhamos vindo para o Brasil, enquanto Alfred preferiu voltar para perto do comando central e hoje mora em Sidney. Depois fomos descobrir que outras pessoas que se trataram na mesma faixa etária dela também haviam tido problemas. São quatro com os mesmos sintomas no mundo inteiro.

Do interior do apartamento apareceu o doutor Hugo Freitas, que se juntou aos presentes sem olhar para Dinarte. Ele esperou que a dona da casa adiantasse mais três ou quatro frases e então tomou tacitamente a palavra, finalmente dirigindo-se ao visitante.

— A dona Evelina e as outras pessoas nas mesmas condições sofrem de uma forma muito peculiar de alucinação. Ela sente que um dia demora alguns anos para se passar.

Dinarte arregalou os olhos. Confessou que não podia compreender.

— Realmente isso não é simples. O que nós fazemos é tentar imaginar. A queixa dela é que tudo é muito lento, apavorantemente lento. Se vê uma pessoa caminhar normalmente, ela grita de dor. Tentamos explicar a situação da seguinte maneira: a convivência contínua com familiares longevos, que não parecem envelhecer mesmo com a passagem dos anos, dá um certo sentido, uma certa lógica a essa alucinação.

— Então não deveria ser o contrário? — Dinarte arriscou perguntar. — Alguns anos é que deveriam parecer um dia.

O doutor Hugo olhou para dona Eloísa antes de responder.

— É assim que a doença se manifesta. Ela tinha mais de quarenta anos, já estava acostumada com o envelhecimento das pessoas. Presenciava isso. De certa forma, é como se ela quisesse ter a mesma experiência em sua nova situação, como se ela quisesse prolongar essa experiência. Ela ainda acredita que morrerá por volta de 80 anos de idade, mas ela *sabe* que irá viver mais de mil, portanto essa alucinação é uma forma de negação e aceitação ao mesmo tempo. Se um dia demora muito mais tempo para passar, isso significa que ela viverá mais de mil anos mesmo que morra aos 80.

Dinarte balançou a cabeça, como se tivesse compreendido. Em seguida, perguntou:

— E eu vou vê-la?

— Sim — respondeu o doutor Hugo —, mas precisa ser rápido. Precisa agir com velocidade. Tudo que é lento causa dor a ela. Se você entra no quarto dela e demora dez segundos para fazer alguma coisa, na visão dela é como se você estivesse lá durante uma hora apenas a encarando. Ela acaba se aterrorizando com isso. Para deixá-la calma a maior parte do dia, colocamos em seu aparelho de televisão algum filme em rotação acelerada. Ela não consegue entender o que está vendo, obviamente porque o que ela vive é uma *sensação*, e não a realidade, porém ela fica tranquila com esse procedimento. Se colocarmos um filme na velocidade normal... bem, isso seria uma forma de torturá-la.

Dinarte levantou-se num impulso, e foi logo acompanhado pelos demais. Caminharam para o interior do apartamento e, diante de uma porta fechada, o doutor Hugo o orientou:

— Eu vou abrir a porta bem depressa, entrar e sair. Veja a velocidade que usarei. Falarei apenas "boa tarde" para ela e sairei. Em seguida, você entra e faz a mesma coisa.

Conforme a orientação, o doutor Hugo aproximou-se da porta, tomou um fôlego e, para espanto de Dinarte, abriu a porta com enorme rapidez, entrou correndo no quarto, disse "boa tarde" tão depressa que mal se podia distinguir as sílabas da expressão e saiu de imediato. Todo o movimento demorou no máximo três segundos.

Atarantado, Dinarte hesitou por um momento, mas entrou. Não teve tempo de cair em si e julgar o ridículo daquela encenação. No ímpeto, tentou imitar o doutor Hugo. Mas ao mesmo tempo desejava olhar para a dona Evelina, e surpreendeu-se quando pôde vê-la. Esperava encontrar uma mulher efetivamente doente, deitada numa cama, talvez até coberta apesar do calor de Pernambuco. Porém o quarto não possuía uma cama. Dona Evelina, loura como a irmã, tinha uma cor saudável e vestia calça *jeans* com camiseta. Estava sentada em uma cadeira acolchoada onde parecia sentir-se bem confortável e tinha um pequeno sorriso no rosto enquanto olhava para um enorme televisor que exibia em rotação acelerada as imagens em preto e branco de um filme antigo. Vários outros objetos no quarto também se moviam. Ao lado dela, numa mesinha, um brinquedo metálico que lembrava uma biruta meteorológica girava freneticamente. Diferentemente dos outros cômodos que Dinarte visitara no prédio, aquele era refrescado por um ventilador de teto, em vez de possuir um aparelho de ar-condicionado. Na parede, um relógio digital mostrava os números de um cronômetro que só marcava os segundos e os centésimos.

O olhar da mulher se fixou de repente em Dinarte, que sussurrava "boa tarde" com certa perplexidade e de maneira desaconselhavelmente lenta. Estanque, ele percebeu como as feições de dona Evelina foram se transformando músculo por músculo, revelando em cada fração de segundo um novo estado de espírito ao longo do caminho inevitável até o desespero final.

— Iah! — ela gritou agudamente.

Enquanto ela repetia o grito, lançando a Dinarte o olhar que devia ser reservado ao demônio particular, o doutor Hugo entrou correndo no quarto e puxou-o para fora com violência. Os dois foram de encontro à parede externa do corredor, enlaçados como num jogo de rúgbi, onde se desabraçaram ofegantes.

Eloísa entrou em seguida no quarto, de onde saiu poucos segundos depois. Dirigiu-se então à sala, lentamente, com um ar de contrariedade.

— Você ficou uns dois segundos completamente parado — explicou o doutor Hugo, fleumático, sem demonstrar nenhuma irritação.

Reconduzido à sala, Dinarte ouviu novos esclarecimentos do médico.

— Os psicólogos da organização que estudam esses casos acham que se trata de um processo degenerativo cerebral combinado com a consciência da própria longevidade. Apesar de tudo, ela consegue manter um diário. Passa mais de duas horas escrevendo todo dia.

Ele abriu a porta de um armário, onde Dinarte avistou várias pilhas de grandes cadernos escolares. Aproximou-se e obteve licença para apanhar um deles.

Ele folheou o caderno e observou, consternado, que as folhas pautadas eram quase totalmente preenchidas por rabiscos rápidos, que alguém poderia confundir com uma taquigrafia por si só também ilegível.

— Alguém consegue entender o que está escrito aqui?

— Não. Nessas páginas que você está vendo, não. Mas periodicamente ela tem picos de consciência bem estabelecidos, ou picos de lentidão, talvez. Duram pouco, infelizmente. Veja no final deste caderno.

Dinarte apressou as folhas e viu passagens em que as letras cursivas começavam a ser ligeiramente mais reconhecíveis. Em palavras esparsas, notou que ela escrevia em inglês, sua língua materna. Detectou exemplos isolados como "none", "bit", "navy", "sporadic". Uma frase quase completa se destacava.

— O que ela diz aqui? — perguntou ao doutor Hugo.

O médico olhou, fez uma cara de que não identificava com certeza todas as palavras, mas decidiu por uma tradução assim mesmo:

— É a hélice, é a santa hélice. Ninguém põe e a volta só o sol quer escolher aqui.

Os dois se entreolharam, as feições cheias de dúvidas.

— O que você precisa entender, Dinarte — apareceu Gustavo, polidamente, enquanto o doutor Hugo guardava o caderno de volta no armário —, é que essa terrível doença é sequela do tratamento. São poucos os afetados porque a organização é relativamente pequena, mas, pela proporção, talvez milhões de pessoas fossem afetadas caso o tratamento fosse universalizado. Poderia ser um grave problema de saúde pública.

— Mas nenhum de vocês deixa de oferecer o tratamento aos próprios filhos, certo?

— Felizmente nossos filhos e qualquer pessoa jovem pode ser tratada sem grandes problemas. Mas, com a universalização, como negar o tratamento a pessoas que estejam na idade mais arriscada?

Após a visita, Dinarte foi reconduzido ao apartamento de Eugênio, no décimo andar, onde estava hospedado.

Foi deixado numa confortável suíte, cuja porta se trancou atrás dele.

Alguns minutos mais tarde, enquanto ele tentava relaxar e, se possível, refletir sobre os acontecimentos do dia, ouviu que a porta era destrancada. Em seguida, ouviu batidas e uma voz pediu permissão para entrar. Ele achou engraçado e, macaqueando formalidade, anunciou:

— Pode entrar!

A porta se abriu e um homem apareceu. Ele deu alguns passos dentro do quarto, estendeu as mãos a Dinarte e disse:

— Meu nome é Pascoal Lanete. Prazer. Eu tenho uma proposta para lhe fazer.

25

A manhã de domingo recebia uma multidão na extensa praia de Boa Viagem. A algumas quadras dali, Boden acordava sem espírito de veraneio na biblioteca de Pedro Lanete, improvisada como seu dormitório. Queria conversar com Pedro, que já devia estar de pé.

À mesa da copa encontrou seu anfitrião, que folheava uma revista e sorvia uma bebida marrom. Havia pelo menos três tipos de pães sobre a toalha xadrez, e um prato com tiras grelhadas do tradicional queijo coalho da região. Pedro largou a leitura e convidou Boden para o café.

— Seu filho já saiu? — perguntou o visitante com uma convincente indiferença.

— Já, eu até me espantei. O Pascoal costuma ser noturno, mas hoje levantou cedo.

Boden fez mais duas perguntas casuais e propositalmente desimportantes, para dar a sua presença o aspecto mais fático possível. O silêncio seguinte também foi calculado para desprover sua imagem de qualquer ansiedade ou propósito.

— Ontem conversei um pouco com o Pascoal na sacada — resolveu, enfim, chegar ao ponto. — Acho que ele se desinteressou da reunião e também não me deixou acompanhar tudo...

Pedro não se importou muito com o comentário:

— Não é desinteresse. Ele cumpriu a parte dele.

— Porém ele me fez algumas perguntas que me deixaram pensativo.

Pedro demorou um pouco para satisfazer Boden, dizendo:

— Que perguntas?

— Sobre Dinarte — Boden revelou. Mas Pedro continuou impassível, agora de pé lavando as mãos na pia da cozinha. — Ele queria falar com o Dinarte e veio me perguntar sobre como ele é.

— E o que é que deixou você pensativo?

— Bem — ensaiou Boden, frustrado por ter de ir além da insinuação —, isso me pareceu estranho e contrário ao procedimento que a organização está tendo com o

Dinarte. O modo como ele falou, se é que me permite fazer essa inferência, deu a entender que ele poderia ter a intenção de atrapalhar nessa situação.

— Eu não vejo como.

— Prefiro não insistir — decidiu Boden. — Apenas presenciei um acontecimento e relatei porque achei importante. Não está a meu alcance tomar nenhuma providência.

Diante do agastamento que notou em seu convidado, Pedro pendurou a toalha de cozinha com que enxugara as mãos e voltou a se sentar à mesa. Refletiu um minuto em silêncio e falou:

— Eu percebo que você está querendo ser leal comigo. Obrigado. Mas você ainda não conhece muito bem as pessoas. Sei que todos parecemos jovens e é mais confuso, para quem está entrando, conseguir estabelecer as relações corretas. O Pascoal não é meu irmão nem colega: ele é meu filho. Eu o criei, eu dei educação a ele. Eu tive a idade dele muito tempo atrás, sei o que ele está passando. Além de tudo, respeito a posição dele. Ele talvez não compreenda que eu e outros líderes também desejamos a universalização tanto quanto ele. Muitas pessoas sensatas vêm elaborando planos de universalização gradativa que, pessoalmente, acredito que poderão começar a ser implementados em pouquíssimo tempo: dez, doze anos. A inteligência dele poderia ser muito útil para esse grupo de trabalho, mas sabe o que ele diz? Que o grupo é uma enganação que só serve para adiar o que deve ser feito. Foi engraçado quando ele alegou isso, parece o lampejo brilhante de quem desmascara instituições opressoras, mas a visão dele não corresponde à verdade.

Boden havia terminado sua refeição e acompanhava o discurso com o olhar distante.

— Mesmo assim, Bruno, você pode ficar tranquilo. O Pascoal é sensível. Ele é familiar, prudente. Sabe, eu entrei na Luggnagg com quinze anos de idade. Sou filho único, e meu pai era um homem muito rico de Marselha. Ele estava bastante doente quando chegaram para falar com ele sobre a organização. Queriam me colocar na Luggnagg desde que seu testamento a favorecesse. Ele primeiro não acreditou, achou que era uma trapaça. Mas falaram comigo, insistiram com ele. Eu fiquei encantado com o que vi e convenci meu pai de que era o correto. Ele não podia vir comigo, era velho demais. Meu pai demorou um pouco para morrer, mas correspondeu às expectativas e deixou o dinheiro para a organização.

Pedro suspirou, e tomou impulso para continuar:

— Para mim é muito importante saber que não vai acontecer com Pascoal o mesmo que aconteceu comigo: perder o pai tão jovem. Ele não me verá envelhecer, eu não o verei envelhecer, e ficaremos juntos por muito tempo.

Boden assentiu, acenando a cabeça. Em seguida, achou melhor dizer:

— Eu não pretendia fazer nenhuma intriga que...

— Não importa! — interrompeu Pedro, ativamente. — Você não fez nada de errado. Estou só contando algumas histórias.

Pedro parou de falar, mas a respiração e os movimentos faciais denunciavam que uma nova narrativa se construía em seu íntimo.

— Por exemplo, uma história do Pascoal — ele afinal continuou. — Ele era bem pequeno e eu ainda não tinha me divorciado. A gente morava num sobrado no Rio de Janeiro, enquanto este prédio estava sendo construído aqui em Recife. Ele tinha ido brincar na casa de um vizinho. Quando voltou na hora de jantar, ele veio até mim e minha esposa para mostrar o novo brinquedo dele. Era um bonequinho qualquer, um injetado de plástico que para a criança tem a forma de um herói. Ele parecia um pouco orgulhoso por possuir aquele objeto, mas ao mesmo tempo não parecia totalmente entregue na diversão. Pensei que minha esposa tinha comprado para ele na banca e não dei atenção nenhuma ao fato além daquela papagueação de pai: "puxa, que legal". Mas ela do meu lado olhou para mim dizendo-se surpresa por *eu* ter comprado aquilo. Então perguntei a ele: "Quem lhe deu esse brinquedo?". Ele respondeu: "É do Marcelo". Eu perguntei na hora: "Mas o Marcelo te deu o brinquedo?". Ele respondeu que não, que tinha pegado. Eu falei: "Mas será que o Marcelo não quer de volta?". Ele ficou pensativo, não respondeu nada, então eu expliquei que era errado tirar as coisas das pessoas sem que elas soubessem. Que ele podia até pedir, mas que fazer daquela forma era errado e se chamava "roubo". Falei isso com calma, sem parecer com raiva, para que fosse uma lição. Expliquei que ele teria de devolver e pedir desculpas. Fomos juntos até o vizinho, e ele não fez nenhum caso. Devolveu o brinquedo *compreendendo* que era a coisa certa a fazer. Refletindo depois, percebi que o fato de ele ter entendido minha explicação e devolvido alegremente demonstrava sua boa índole natural, mas tinha uma coisa mais importante, que foi o fato de ele ter vindo nos mostrar o novo brinquedo, com um ar mais de preocupação do que de exultação. Ele no fundo estava nos consultando sobre a moralidade do que ele tinha feito. Era criança pequena, sem referenciais éticos, e estava em busca da aceitação ou da repreensão de seu ato. Sem dúvida, um pai negligente poderia não se interessar nem fazer qualquer associação, e deixar o menino na ignorância. Um pai idiota poderia achar o filho esperto, incentivando a atitude, ou então envergonhar-se e privá-lo da dignidade de fazer a devolução, que era a parte mais efetiva do ensinamento. Tive a felicidade de perceber e conseguir fazer a coisa certa, mas o importante é que ele, o Pascoal, demonstrou ali, com cinco ou seis anos de idade, aquela centelha de moralidade que é não apenas fazer o que é correto, mas constantemente investigar para descobrir o que é correto e o que não é.

A essa altura, Boden já olhava para Pedro. O anfitrião crescia a seus olhos, a despeito da natural sensação de dubiedade que nos acomete quando a pessoa fala bem de si própria. Mas o relato, a seu ouvido, havia conseguido passar a ideia de que seu franco significado era expor a grandeza do filho. Mesmo assim, Boden não podia deixar de pensar que aquela história era antiga. E que Pascoal podia não ter se tornado um ladrão e podia ser uma pessoa inteligente e razoável, porém talvez estivesse, conforme Pedro dissera, ainda investigando o teor ético das atitudes, sem necessariamente encontrar sempre as mesmas respostas do pai protetor. Para Boden, Pedro era otimista, civilizatório, enquanto Pascoal era fundamentalmente um sofredor, uma pessoa, como se diz, incapaz de matar uma mosca, porém muito mais preocupado consigo mesmo do que com as moscas.

— Sobre o Dinarte — Boden achou útil falar —, gostaria de saber se a decisão da reunião de ontem à noite terá mesmo de ser aplicada.

— Fique tranquilo, Bruno. O seu amigo foi apresentado a fortes argumentos que mostram muito bem nossas razões. Eu confio na racionalidade das pessoas.

— Você não conhece o Dinarte.

26

A poucos metros de Pascoal, um menino erguia na areia um castelo. Com as costas vermelhas de sol, ele moldava uma muralha grosseira, que sucumbia periodicamente ao excesso de umidade escorrendo do prédio principal, forçando o construtor a repetir o trabalho vez após vez.

Pascoal, o olhar escondido por óculos espelhados, concentrava-se nos esforços do garotinho como se aquela distração fosse um mantra zen. O menino era seu peixinho de aquário, seu Sísifo de bolso, incansável como um robô.

Em um momento, Pascoal despertou com o pensamento de que o castelo nunca ficaria pronto. Sentiu o impulso de pisar naquela maquete molenga, como um gigante devastador, para salvar o menino daquele sonho inútil. Depois ocorreu-lhe prestar auxílio, dobrar os braços e as diligências, desafiar o presságio construindo uma majestosa edificação.

Mas ele apenas voltou as costas e caminhou depressa para casa.

De volta ao apartamento, mexendo displicentemente seu café com leite em um copo de requeijão comum, sentou-se no sofá da sala ignorando a presença de Boden na poltrona próxima.

O hóspede estava ajeitado em seu assento como quem pretende apenas fazer o tempo passar. Ficou um tempo calado, observando Pascoal, que não retribuía o olhar. Enfim abriu a boca para fazer duas observações inúteis, pelas quais seu interlocutor não devolveu nada além de dois monossílabos mal pronunciados. Quando o copo se esvaziou, porém, Pascoal resolveu falar:

— Eu conversei com o Dinarte ontem à noite. Você deve começar a se preparar para ver um grande gesto do seu amigo.

Boden refletiu por um segundo:

— Gesto?

Sem responder, Pascoal levou o copo para a cozinha e voltou de lá em um minuto, mordendo uma maçã:

— É certo um médico, tendo recursos, deixar um paciente morrer? — ele sentou-se e não aguardou resposta alguma. — O tratamento da Luggnagg serve para aumentar a vida das pessoas. Negar esse conhecimento para a humanidade é tão antiético quanto um médico deixar um paciente morrer quando poderia salvar sua vida.

Boden viu que o homem estava aceso. Mas ele próprio não punha os neurônios para descansar em dia santo:

— E um médico pode dar o que quiser para o paciente? Ou apenas medicamentos longamente testados e comprovados?

Pascoal pensou enquanto abocanhava a maçã, mas Boden não lhe deu muito tempo:

— Pascoal, os governos não permitiriam que um medicamento entrasse no mercado de uma hora para a outra. Existe um grande rigor para isso. Poderia demorar dez anos até que tudo fosse feito de acordo com a burocracia. E depois ainda ia acontecer outra coisa muito pior: a proibição. Imagine a preocupação dos políticos com o sistema de aposentadorias! E a Igreja? Imagine o que os religiosos poderiam fazer, censurando o tratamento por estarmos querendo "brincar de Deus"! Pois então: universalizamos o tratamento, e em breve podemos acabar, nós próprios, sendo privados dele.

Pascoal mascou a maçã devagar, matutando sobre essa perspectiva, e então falou:

— Sabe de uma coisa que eu às vezes penso, Bruno? Afinal, não será um tédio viver por tanto tempo? Já conversei com muitas pessoas idosas que parecem satisfeitas pelos anos de vida que tiveram. Existe um cansaço, não só o provocado pelo envelhecimento. Algumas décadas já dão um sentido completo para a vida.

— Para mim não! — Boden discordou enfático. — Por acaso nós nos enjoamos de todas as coisas? Já comi bolo de chocolate centenas de vezes, comi ontem, amanhã vou querer mais. Os desejos não acabam, estão sempre reavivando nosso interesse pela vida. Além disso, teremos a oportunidade de ver as mudanças no mundo. Imagine se tivéssemos vivido a época do Renascimento, podendo acompanhar agora tantas descobertas e inovações!

— Na verdade, o ritmo de inovação pode até diminuir. Quando as pessoas morrem, morrem com elas as ideias velhas que carregaram teimosas por tanto tempo. São os jovens que fazem o mundo girar.

— Entendo, Pascoal. Então é melhor *não* universalizar, certo? — Boden ironizou.

Pascoal rodou a maçã em sua mão e sorriu:

— Qual a vantagem de viver 1200 anos, em vez de 80? Paramos de pensar em coisas que parecem óbvias. Eu mesmo acabei de falar que um médico tem que fazer o possível para o paciente viver mais tempo. Esse pressuposto vem da nossa propensão animal para preservar a vida. Numa situação de perigo, tiramos da manga a maior energia para lutar. Mas a vida vai terminar. Em 50 anos, em 90 anos, ou em 1200. Essa busca da longevidade é uma desesperada defesa contra a morte. Mas vamos perder a luta no final.

Dentro da boca de Pascoal, uma semente de maçã escorregou pelo palato e entalou momentaneamente em sua garganta. Ele arregalou os olhos em pânico e, com o único volume de ar interno do qual poderia lançar mão, tossiu só uma vez com força, de alma completa. Uma de suas mãos pousou aberta sobre seu peito e sua expressão se suavizou aos poucos. Ele deixou a maçã pela metade na mesa de centro e voltou-se para Boden.

— Uma pessoa pode, de repente, morrer engasgada. Mas, mesmo se eu fosse um suicida, e se esta maçã fosse a derradeira refeição de minha vida antes de eu me jogar ali da sacada, ainda assim eu teria posto meu último fôlego para escapar da morte... antes de me suicidar. Não existe nação, não existe cultura, não existe casta: somos todos iguais diante desse terror. — Ele fez uma pausa para massagear a garganta. — Mas no final nós vamos perder a luta. E então terá valido a pena viver 1200 anos? Como será nos despedirmos de uma vida assim, no final?

Boden lembrou-se de uma história:

— Uma vez minha avó me contou alguma história antiga e falou que tinha acontecido uns quarenta anos antes. Mesmo hoje, claro, quarenta anos parecem tempo demais para mim. Na hora, assobiei espantado com o incompreensível. Ela me disse rindo: "quarenta anos passam assim, num segundo" — e Boden estalou os dedos da avó.

— É claro! Não importa se são 6 meses ou 60 anos. Todo tempo que passou parece um segundo. Ele está para trás. Sua avó falou quarenta anos porque foi o que ela viveu, algumas décadas. Pense como seria um homem viver mil anos, e então estar enfim diante da morte, agora inevitável. Ele também vai achar que 900 anos passaram como um instante. — Pascoal raciocinou mais um pouco. — Olhe como funciona. Pense em algo que fez dez anos atrás. É algum tempo, mas parece que foi ontem. Agora tente pensar em fazer algo daqui a dez anos. Parece que falta muito para chegar! É um tempo ainda não vivido. O que ficou para trás se encaixa em um milésimo de segundo de lembrança: simplesmente já passou. Mas esperar 10 anos por algo muito desejado parecerá tempo demais. A ideia de viver mil anos é atraente para quem ainda não os viveu. Depois, como será a sensação de perda? Muito maior do que a de quem morre com 90? Talvez seja imensamente maior. Mas também pode ser a mesma. Passou. "O meu tempo passou", apenas isso. O que provoca bem-estar no homem é saber que ainda há tempo a viver, a sensação de que este não é o último dia.

— Talvez não seja assim para quem tem espiritualidade — apontou Boden.

— Você tem? — perguntou Pascoal.

— Sou agnóstico.

— Eu também sou agnóstico... mas estou tentando parar. — Ele viu Boden sorrir e continuou: — Agnosticismo é falta de coragem. É uma posição inútil. É jogar completamente na defensiva: você com certeza não perde, mas também não ganha. O agnóstico tem medo de dizer que é ateu e vergonha de dizer que é crente. Pretendo passar a crer, muito em breve.

— O que significa que já crê — observou Boden.

— É que eu gosto das coisas revestidas de oficialidade, sempre que possível! Mas é verdade: eu compreendo o pensamento espiritualista. Deus não. Deus é perfeito demais, ou para existir ou para ser concebido por nossas mentes materiais e limitadas. Não precisamos imaginar um

Deus individual, podemos dar o nome "Deus" à própria existência do espírito, à nossa vida eterna. É uma pena que Deus não seja debatido mais abertamente. Para quem crê, é ponto pacífico: é individual, é uno, é criador, é bom. Para quem não crê, Deus não existe em nenhuma forma. Por que não vemos um debate sobre Deus num jornal, com três, quatro pontos de vista? Ou um simpósio de teologia numa faculdade de Física? Você pode ser laico, mas ainda é um ser humano. Os seculares também choram seus mortos, mas o padrão oficial reduziu o velório a uma agenda. O obituário parece o serviço dos espetáculos em cartaz: dá uma sinopse da vida do cidadão e informa o local e a hora em que começa o funeral. Mas ali naquele corpo havia uma consciência. Havia um conjunto de experiências que somente ele viveu, de eventos que apenas ele viu, de ensinamentos que apenas ele compreendeu, de paixões que apenas ele sentiu. O jornal diz de onde partirá o enterro, mas o féretro caminha vazio de paixões, ensinamentos ou experiências. Ninguém põe o preto sobre o branco dizendo: acabou. Ninguém ergue a voz para anunciar que aquela consciência cessou, que aquela consciência está perdida para a eternidade como se nunca tivesse existido. Nós, agnósticos, ficamos aqui confusos e calados, enquanto os diferentes convictos alardeiam suas verdades incompatíveis: uns dizem que virou espírito e irá reencarnar, outros dizem que se reincorporou a um espírito universal, outros que foi para o Céu, divergindo ainda sobre a localização, a geografia e a decoração desse Céu. Se eu posso escolher minha própria verdade, escolho que a única salvação para o homem é a vida espiritual. Vou lhe dizer uma coisa muito simples, Bruno, que resume tudo o que eu penso sobre a Luggnagg e sobre a vida: prefiro passar algumas décadas na Terra, mas ter um espírito eterno, a viver 1200 anos em carne e osso para então morrer para sempre.

— Mas você não tem essa escolha.

— Não tenho! Mas, se for para morrer eternamente, não importa. Aceito meu quinhão, minha cota de quantos aninhos forem, e vou embora. Dez anos e dez mil anos são igualmente irrisórios em comparação com a eternidade.

Gustavo havia acabado de entrar pela porta da frente e interrompeu Pascoal:

— Por favor, vamos até ao apartamento do Eugênio. É um chamado do Pedro. O Dinarte quer conversar com todos.

27

Dinarte amenizou o apetite matinal comendo, em seu quarto improvisado, as torradas, o queijo e os biscoitos que haviam lhe trazido numa bandeja. O suco de laranja ele rejeitou, motivado por um pressentimento que preferiu não trazer à consciência.

Dos sonhos estranhos que tivera, lembrou-se de um com a dona Evelina e seu sorriso sonso que se transformara paulatinamente, ponto por ponto, em um desespero final.

Não pensava em gritar por socorro. Aquele cárcere brando não o amedrontava e não fazia sentido. Bruno por perto era seu contato com o real e o natural. Tinha certeza de que sairia dali no mesmo dia, pela porta da frente e com a vida liberta.

Ouviu o movimento do lado de fora do cômodo e não esperou ser chamado. A porta estava destrancada.

Na sala, viu que estavam presentes todos os que havia mandado chamar. Bruno acabava de entrar com Pascoal naquele instante. Gustavo e Eugênio aguardavam sentados no sofá. Pedro, mais distante, olhava para fora encostado na entrada da varanda. Liza também tinha preferido ficar de pé, apoiada à mesa da sala de jantar, ao lado de Edmundo, que se acomodara de viés numa cadeira.

— Ontem à noite — Dinarte começou, quando todos fizeram silêncio — me levaram para ouvir a história de um livro. Na cama, sem poder dormir, fiquei pensando em escrever um também. Não tenho talento e escrevo mal, mas depois alguém corrige. Pelo menos a história eu inventei. Ela ia começar agora, nesta sala. Primeira cena: eu me levanto, aperto a mão de vocês e aceito o cheque. Pego o avião de volta para Ribeirão Preto, pago todas as minhas dívidas e fico feliz. Um dia depois, esqueci a existência de um amigo. Meu melhor amigo, que cresceu comigo no bairro, o amigo de infância. Arranjo um emprego e trabalho até minha aposentadoria. Velho. Minha mãe vai morrer, meu pai. Com setenta anos? Com oitenta? Conforme o destino. Nunca mais me lembrei do meu amigo. Nem da elite dos imortais. Para quê? E então meu livro vai acabar. Vou morrer de velhice, e o meu amigo, que não me viu durante décadas, visitará meu caixão descendo, com um verniz tão brilhante que fará com que ele veja ali o reflexo de sua juventude permanente. Ponto final.

Gustavo, sem parecer impressionado com o relato emocional de Dinarte, falou:

— Se um debate tem dois lados, não quer dizer que um seja o bem e o outro seja o mal. Em um fórum na internet, o livro *Apocalipse Luggnagg* foi discutido. Pessoas de fora da organização, que não sabem da existência real da descoberta, acabaram concordando que ela deveria ser apresentada de forma lenta, ou até negada.

— Aquele que tem essa opinião não está pensando que ele próprio será deixado de fora — avaliou Dinarte. — Mas eu entendi que vocês não querem ser malvados. Acontece que muito mal é feito sem querer. E eu não concordo com essa situação. Por isso estou aqui para ser um estorvo mesmo. Vocês devem fazer a universalização, ou então vou revelar tudo para o mundo. Nenhum dinheiro vai me comprar. Podem me calar apenas me matando.

Pedro Lanete, sem alterar sua fisionomia um tanto neutra, curvou-se lentamente para sentar-se na espreguiçadeira da sacada. O coração de Boden disparou e seus lábios murmuraram "Dinarte" surdamente. Eugênio deu uma risada curta e nervosa, bastante sonora, enquanto Liza levantou-se com um palavrão e saiu da sala pisando barulhentamente.

— Isso não é uma coisa que se diga — voltou a voz calma de Gustavo. — Isso é uma ofensa. A única coisa que precisamos pedir é que reveja sua posição. Ela não faz sentido nenhum.

— Faz sentido — sustentou Dinarte. — Claro que faz. Vocês têm uma coisa inacreditável nas mãos e são egoístas. Eu não fiquei sabendo dessa descoberta ontem. Faz tempo que o Bruno me contou de suas experiências no laboratório da USP. Eu sonho com isso. Por que eu vim aqui? Por que estou aqui em Recife? Pedi dinheiro emprestado para comprar uma passagem de avião. Precisava achar o Bruno, desculpar-me com ele. E então oferecer minha ajuda para que ele desenvolvesse a descoberta. Era o meu sonho: poder ganhar dinheiro trabalhando com meu grande amigo, e ainda ajudar na produção de um tratamento que me beneficiaria, beneficiaria meus amigos e parentes, mas não só: beneficiaria o mundo inteiro. Então descubro que essa maravilha já existe, porém é o monopólio de uma elite que exclui todos os que não estão do lado dela. E agora tenho que ir embora, de cabeça baixa, sem meu amigo, sem trabalho, sem investimento, sem tratamento. Não aceito. Posso morrer. Tirem uma vida, mas desse jeito eu não posso ficar.

Dinarte parou de falar, demonstrando uma tranquilidade incomum, mas em que Boden podia enxergar certa apreensão. Os demais presentes também se mantiveram quietos, somente orbitando aquele elefante, indecisos ou meditativos. Depois de um tempo, Pedro Lanete se dirigiu a Dinarte:

— Você sabe que essa atitude pode lhe causar problemas, e de forma diferente da que você pede e, no fundo, teme?

— Existe algo pior do que morrer? — Dinarte ponderou.

— Eu não tenho dúvidas — Pedro devolveu com prontidão.

Gustavo, um pouco desconfortável com as palavras do líder, tentou consertá-las:

— Dinarte, o que ele quer dizer é simples: o que adiantaria você morrer e não obter o resultado que espera? Nem herói você será.

— O que isso quer dizer? — Dinarte perguntou. — Que vocês vão mesmo me matar?

Eugênio socorreu sem demora:

— Isso está fora de cogitação.

O silêncio, então, retornou à sala. Eugênio olhou em volta, como se esperasse o respaldo geral dos presentes, mas estavam todos bastante confusos e nada se ouviu. Sentindo em um segundo o desamparo, Eugênio voltou o olhar para Dinarte, mostrando que sua própria convicção era o suficiente para sustentar a afirmativa.

— Então fico aguardando vocês iniciarem aquilo que chamam de "universalização".

Decidido, Pedro levantou-se da espreguiçadeira e, com pressa e rispidez, começou a organizar o almoço como se Dinarte nunca tivesse estado ali. Não falou com ele nem com Boden. Dispensou Liza e Edmundo, pedindo para só Gustavo ficar. Chamou Eugênio para segui-lo e estendeu o convite a Pascoal, que assentiu com a cabeça e de imediato já se voltou para a porta. Havia assistido ao espetáculo de pé, no balcão nobre do teatro, mantendo todo o tempo uma expressão séria e pouco reveladora.

Quando a sala se esvaziou, Gustavo pediu a Dinarte que se recolhesse ao quarto. Ele obedeceu e foi seguido por Boden.

— Você não devia ouvir o Pascoal — começou Boden assim que fechou a porta atrás de si.

— Acha que eu não tenho ideia nem opinião? — Dinarte replicou.

— Estou com receio do que eles podem fazer com você.

— Você sabe que eles não vão me matar.

— Então por que você não toma esse suco que trouxeram? — provocou Boden, apontando para o copo ainda cheio no criado-mudo.

— O Pascoal me garantiu.

— Não acabei de falar para não ouvir o Pascoal?

— Não segui nenhuma ordem dele!

— Mas acreditou que a organização vai poupar você.

— Tenho certeza de que vai.

— Se eles são "egoístas e malvados", como você fez o favor de dizer para insultá-los, pode ser que eles criem uma primeira vez.

— Por que você não me ajuda a sair daqui, Bruno?

— Como? O Gustavo está na sala com a porta trancada, e lá debaixo você também não passa.

— Não é para fugir! É para convencer essa gente. Junto comigo, junto com o Pascoal.

— Não adianta convencer essas pessoas aqui. Quem comanda tudo é a central do outro lado do mundo.

— Você às vezes pensa pequeno. Você devia ver como eles são cúmplices assim como eu vejo que você está se tornando um cúmplice.

Boden não replicou dessa vez. Ofereceu a Dinarte um olhar duro. O amigo abaixou a cabeça e sentou-se na cama. Depois de alguns minutos em silêncio, Boden se retirou, sem ouvir nenhum protesto.

28

A pé, lentos, Pedro Lanete e Eugênio voltavam do almoço. Seus calcanhares esmagavam, em compasso constante, o pedregulho fino da calçada. Digeriam em silêncio, entreouvindo a distensão do estômago e o banho de enzimas naquele meio ácido. Mais rápido que eles, um senhor de bermudas se exercitava sem camisa, balançando pelancas enquanto alternava agitadamente os braços para cima e para baixo.

Fez-se sombra por alguns segundos. O único pequeno bolo de nuvens que flutuava contra o azul amplo do céu vinha atravessando caprichosamente a linha do sol a pino.

O calor não foi interrompido e gotas de suor brotavam da boina de Eugênio e escorriam sobre suas têmporas.

A fechadura clicou e Pedro empurrou o portão. Mantendo o braço esticado, deu passagem a Eugênio. Ambos inclinaram a cabeça para o porteiro invisível atrás da guarita e chamaram o elevador. A máquina demorou. Pedro grunhiu diante da porta oca, grunhiu uma segunda vez, Eugênio indiferente. As folhas metálicas se afastaram, eles subiram no aparelho e Eugênio esticou o dedo para apertar o número 10, mas desistiu. Pedro teclou o 14.

A sala estava gelada. Pedro acionou o controle remoto do condicionador de ar para produzir uma temperatura mais amena. Edmundo, sozinho no sofá, não protestou: esfregou o queixo bem liso e acenou com a cabeça. Liza vinha da cozinha carregando duas xícaras. Para Edmundo, entregou a de maior porte, cuja água de amarelo ralo exalava um aroma sereno. Ficou com a menor, de café bem preto.

As xícaras eram belas de forma e estampa. Uma dinâmica proporção entre as saliências moldava o contorno de suas silhuetas, e convolutos fios dourados circundavam a porcelana um pouco acima do terço superior de sua altura. Cada asa se jogava para o alto, enrolava-se no ar e caía de volta na peça como a pequena flor de uma orquídea. Os pires que as apoiavam imitavam a classe de sua simetria, mas o encaixe circular, em moderna dissonância, projetava-se fora de centralização.

Pedro Lanete indagou se havia algum espetáculo em cartaz no Teatro Hermilo Borba Filho. Edmundo deu de beiços, Eugênio recordou-se e informou que levavam

A visita da velha senhora. Liza ponderou, acidamente, que não era um dia para ir ao teatro. Pedro protestou com inesperada nota de indignação, afirmando que não via problemas em ir ao museu, ao teatro, ao cinema ou ao circo.

Pedro, com desanimada ciência da obrigação, alertou que alguém precisava descer quatro andares para render Gustavo, que tinha de almoçar. Edmundo reconheceu a prescrição e levantou-se responsavelmente para cumprir a tarefa, mas Eugênio o deteve, encarregando a si mesmo e pedindo que ele fosse mais tarde. Então pegou sua boina na mesinha de centro e retirou-se do apartamento.

Pascoal entrou logo depois, com um pouco de barulho. Fechou a porta de forma apressada e displicente, perdeu seu controle e ela bateu com força. Ele murmurou desculpas e se esqueceu do caso em seguida. Seus joelhos tinham grãos de areia. Perguntou sobre o paradeiro de Boden e ninguém respondeu.

Sem insistir, ele deixou a sala e dirigiu-se para o banheiro. Antes de escovar os dentes, limpou as pernas no chuveiro, derramando para o ralo a fina areia da praia.

Parou para se olhar no espelho. Aquela imagem pela qual desenvolvera certa estima era, contudo, diversa da que as outras pessoas realmente enxergavam. Sua estima era pelo homem cujo olho esquerdo era ligeiramente menor que o direito. Mas ele era, na verdade, um homem cujo olho direito era ligeiramente menor que o olho esquerdo. Os demais viam, em sua opinião, um monstro disforme, o sorriso torto, a franja mal caída, as sobrancelhas enviesadas.

Quem saiu do banheiro instantes depois não foi o Pascoal de Pascoal, foi o horrível Pascoal verdadeiro, que levou sua abjeta assimetria de volta à sala, contemplou a presença silenciosa de tanta gente e começou a encarar com discrição algumas fotografias na parede. Em uma delas, tudo lhe parecia absurdo: ele estava pequeno, antigo, com um sorriso do qual não podia se recordar; ao fundo, via mar e anônimos de calções em posição de atividade, numa atitude ilógica se não se postula uma bola perdida fora do quadro; nenhuma daquelas feições momentaneamente tensas poderia refletir o estado de espírito daquelas pessoas que se divertiam. O instante de uma imagem pareceu falso a Pascoal. O reflexo daquele fotógrafo capturou involuntariamente um sopro que não existe, uma brincadeira que não é toda a brincadeira, um movimento que não é todo o movimento, mesmo um gesto que não é todo o gesto, enquanto à frente de tudo isso o menino dedicava à posteridade um sorriso que não estava dentro dele.

O silêncio da sala começou a irritar Pascoal. Talvez imaginasse que aquelas pessoas deveriam estar debatendo a situação de Dinarte.

Entretanto apenas esperavam.

29

Bruno Boden, depois de um almoço calmo e um passeio pensativo pela orla, subiu num táxi e fez perguntas ao motorista. Rodou pelo centro antigo de Recife e sentiu-se tentado a finalmente conhecer a cidade histórica de Olinda.

O automóvel foi subindo o morro e Boden parou de ouvir as sugestões que vinham do taxista. Repetia intimamente que não estava fazendo turismo, apenas refrescando o cérebro em um momento confuso. Sabia que não se deve forçar a cabeça continuamente com um problema, a insistência conduz à exaustão e só a distância dá recreio ao pensamento e o ativa com vigor renovado.

Não podia acreditar que Dinarte morresse. Não podia aceitar que o segredo da Luggnagg fosse revelado. E não podia entender por que estava outra vez remoendo o assunto.

Saltou do carro perto de uma igreja e foi rodeado por homens muito magros e escuros, com vestimentas surradíssimas, alguns com tábuas de suvenires e guloseimas. Recusou tudo e perguntou por um guia, recebendo o aceno de um senhor que se apresentou polidamente como Aldo e estendeu a mão para que ele apertasse.

A fala rápida do guia relaxou Boden. Ele era entretido pela história da eira, da beira e da tribeira, pelas peripécias de Maurício de Nassau e a invasão holandesa, pela visão dos elevados mirantes, pelo brilho dourado no interior das igrejas.

— Então foi neste ponto aqui mais alto — explicava Aldo, como uma fita gravada — que chegou um português chamado Duarte Coelho, que foi o primeiro donatário da capitania de Pernambuco. Ele olhou a bela paisagem que o senhor pode ver e exclamou "Oh, linda!", e daí surgiu o nome desta cidade. Essa exclamação foi dada no dia 12 de março de 1535.

Depois de sair do Convento de São Francisco, Boden deu o passeio por encerrado, embora o guia protestasse dizendo que ainda estavam pela metade. Ele pagou o homem com moderada generosidade e desceu uma ladeira com toda aquela espiritualidade ribombando em sua mente como um grande sino sacro.

Ao subir em outro táxi, pediu que voltassem para Recife e orientou o motorista para um local perto do terminal rodoviário, onde esperava encontrar praticantes de rapel urbano.

Chegou a uma zona erma, já quase selvagem, onde um bom número de pessoas orbitava cordas suspensas em grande algazarra. Parecia um curso introdutório para público principiante e bastante eclético. Boden não desanimou e aproximou-se para tentar algum espaço. Era um intruso, estava sem equipamento e naquelas condições talvez fosse fácil conseguir alugar algum.

Um rapaz de cabelo crespo e traços fortes, com uma viril atitude militar, era quem estava dando ordens por ali. Sua roupa parecia de bombeiro. Ele orientava a todos com agilidade, tinha uma certa alegria, mas seu sorriso curto, que mal mostrava os dentes, exprimia uma estúpida malícia. Boden demorou para conseguir conversar com ele.

— Sou paulista e acabei de me mudar para Recife. Pratico rapel, tenho experiência.

— Cadê o seu cupom?

— Não tenho um cupom, nem sabia que encontraria alguém aqui.

O rapaz ficou confuso. Não entendia nem por que nem como alguém poderia aparecer ali sem um cupom. Ele apontou uma moça adiante, que carregava uma pasta sob o braço.

— Fale com a Susana.

Boden ficou desanimado, mas falou com a Susana e ela negociou uma descida sem causar nenhum empecilho. Ela acreditou na experiência dele e lhe alugou um equipamento.

Acabou sendo tão rápido que Boden também não demorou para se arrepender. Lembrou que tinha prometido a si mesmo que não voltaria, pelo menos tão cedo, a aventurar-se em um esporte radical. Porém ainda precisava pensar. Precisava manter-se longe do prédio da Luggnagg e investigar um zumbido de sua alma, um sussurro cuja mensagem ainda tinha de ser decodificada. E, depois daquele passeio relativamente intelectual por Olinda, o gás do risco completaria sua inspiração.

Sem ignorar nenhum procedimento de segurança, realizando aquele ritual para ele tão revigorante da sistematicidade, Boden saltou com consciência e logo vibrou com a livre flutuação de seus pés. Ali viveu, além disso, a sensação de natureza que não podia viver em São Paulo. Suspenso, e descendo muito lentamente, avistava de cima as copas das árvores, onde julgou até mesmo ter entrevisto um sagui. O ar que vinha do mato chegou a lhe parecer um pouco frio, contrastando com o calor urbano da cidade mais adiante. Mas seu coração estava aquecido, suas faces ruborizaram e ele percebeu que sua cabeça se agitava. Ocorreu-lhe um repentino otimismo, não uma confiança no futuro, mas uma fé em si mesmo, em sua destreza, em sua argúcia. Era assim sempre para ele o rapel: um exercício da própria soberba.

Em pouco tempo algumas imagens passaram a se formar em sua mente. Ele não enxergava nada de fato: não era um pensamento feito de objetos, nem de palavras. Era como se um programa invisível fosse processado em seu cérebro e lançasse para sua consciência tão-somente os resultados. Em seguida era forçoso que ele tomasse a guia e desenrolasse silogismos e outros enredamentos até chegar a uma visão final.

E a visão final de Boden foi pavorosa.

Ele estava ainda suspenso muito alto. Imediatamente acelerou a manobra da corda e desceu depressa mais da metade do percurso, antes de estancar com força para não cair.

Realmente, a Luggnagg não mataria Dinarte. Esse pensamento era uma certeza que ele não precisava expressar nem para si mesmo, era um instantâneo, uma ideia-átomo essencial. Naquele momento ele percebeu que havia passado toda a tarde tentando acreditar nisso — mas não é que ele não acreditasse. Ele acreditava plenamente que a Luggnagg não mataria, ele sabia disso, e paradoxalmente estava tentando se convencer disso. Mas uma contradição deve ser eliminada, e a pergunta que iluminou Boden naquele verde frescor da adrenalina foi: "Por que estou tentando me convencer de algo que já sei?".

O movimento musculoso da corda insistiu na queda e Boden rodopiou a poucos metros do chão.

De pernas para o ar, teve ainda mais certeza da resposta. A Luggnagg não matará Dinarte.

A Luggnagg não matará.

Não, *a instituição* não matará.

Mas *uma pessoa* fará isso, à revelia da ordem estabelecida.

A corda enrolou-se em alguns dedos de sua mão direita e um instinto prefigurou nele o horror da decepagem, a mão esquerda se abriu em resposta, muita corda atravessou a polia, seu tronco girou uma segunda vez e não arremeteu, seu cérebro via Dinarte morto, o corpo moveu-se velozmente pelo ar e um estrondo assustou os participantes que tinham cupons.

— Socorro, ele caiu! — alguém gritou.

O instrutor afastou todo mundo e patinou ajoelhando-se para atender Boden.

— Tenha calma e não se mexa, precisamos imobilizar você.

Boden abriu os olhos enfrentando a tontura e murmurou:

— Não.

Mas o homem recebeu muito depressa uma parafernália de primeiros socorros e com ela foi subjugando Boden, que tentou reclamar:

— A Liza vai matar o meu amigo...

30

No mormaço do dormitório — ele não sabia como ligar o ar-condicionado —, Dinarte ressonava sobre a colcha, na cama ainda feita. Não que tivesse o espírito distenso: acordava com qualquer ruído, com buzinas de carros ou gritos vindos lá de baixo. Por isso, abriu os olhos enevoados assim que a maçaneta da porta girou.

Edmundo entrou no quarto com apenas um passo e fitou o hóspede para verificar se ele dormia. Dinarte notou o gesto e ostensivamente ergueu o tronco, rodopiando para, sem se levantar, colocar os pés no chão. Edmundo mostrou-lhe os cinco dedos da mão, saiu do cômodo e voltou em poucos segundos.

— Quero falar com você — explicou. — O Eugênio já saiu e não tem mais ninguém no apartamento, mas tranquei a porta da frente e vou deixar a do quarto aberta para eu poder ouvir qualquer coisa.

Da mesma posição em que estava, Dinarte viu Edmundo empurrar a poltroninha do canto para mais perto da cama e sentar-se em sua beirada, inclinando o corpo um pouco para a frente:

— Vou direto ao ponto — começou. — É um segredo e você precisa prometer que não vai dizer para absolutamente ninguém. Nem para o seu amigo Bruno. Eu estou do seu lado e quero ajudar você.

— Está do meu lado como?

— A favor da universalização.

Um ruído assustou Edmundo, que, como um gato, torceu o pescoço em pronto alerta. Não notou nada errado. Voltou a olhar para Dinarte e continuou:

— São vários que querem a universalização. O Pascoal é filho do chefe e tem mais liberdade para se expor, mas no meu caso não é bem assim. Posso contar com sua boca fechada?

— Claro.

— Ótimo. Então ouça. Eu tenho receio do que pode lhe acontecer se você continuar aqui. Agora não leve a mal o que eu vou dizer: eu gostaria de fazer o que você está ameaçando, contar para todo o mundo o segredo da organização, mas eu tenho muito a perder, enquanto o pior que pode acontecer a você é continuar do lado de fora, você me entende?

Edmundo fez uma pausa para ter certeza de que Dinarte havia entendido.

— Então eu vou dizer o seguinte: você fez tudo errado. Deveria ter aceitado o que lhe ofereceram, e depois assim mesmo denunciar a organização para as autoridades. Pode parecer traiçoeiro, mas que lealdade eles têm para com as pessoas de fora? Eu até tinha pensado em falar antes com você, mas não consegui. Agora é tarde demais. Depois do que você disse a eles, não tem como você sair daqui.

— Eles não podem me manter preso!

— Não tenho ideia do que eles pensam em fazer. Estão confusos. Isto aqui não é uma máfia. Temos respeito pela vida. Mas eles não querem perder o segredo, então você os colocou em um dilema. A situação vai ter que pesar para um lado, quem garante que não será contra o seu? Mas isso não importa agora. Eu tenho uma solução, e a solução é você fugir daqui.

— Fugir como?

— Eu vou ajudar você a fugir, e tem que ser já. Agora. Tenho medo do que pode acontecer mais tarde. Daqui você vai procurar um jornalista para denunciar a organização e contar toda a história. Só precisa se lembrar de nunca dizer que fui eu que deixei você escapar.

— Mas será que adianta denunciar? O Pascoal me explicou que eles conseguiriam contornar qualquer investigação.

— Vão contornar como? Isso é puro pessimismo do Pascoal. — Ele tirou um papel do bolso e o pôs na mão de Dinarte. — Procure este jornalista, o Marcus, aí tem o endereço da redação. Mesmo sendo domingo, ele deve estar lá pelo menos até o começo da noite. Ele é muito bom para investigar, adora denúncias, tem faro para mentiras e, o melhor, bons contatos em jornais do Rio e de São Paulo. E com a televisão também.

Dinarte encarava desnorteado o pedacinho de papel. Naquele instante, não estava certo de se lembrar de tudo o que Edmundo havia acabado de dizer. As novas informações lutavam duramente contra seus pensamentos estabelecidos desde a véspera sobre sua condição. Aquilo que Pascoal ajudara a assentar com doçura em seu espírito era agora chacoalhado por uma proposta ácida e urgente, que exigia não o tempo, mas a presteza de decisão e atitude.

— Eu preciso pensar sobre isso — ele advertiu, tentando ganhar tempo, mas temendo que Edmundo fosse instigá-lo ainda mais. — Quanto tempo eu tenho?

Edmundo voltou o rosto para a parede, menos agitado. Continuou em seguida a falar num tom mais brando, porém com palavras profundamente resolutas:

— Você tem *cinco* minutos porque não teremos outra chance. É o tempo de eu lhe preparar um lanche, que você vai precisar. Quando eu voltar da cozinha, esteja pronto para fazer a coisa certa.

Edmundo levantou-se, posicionou a poltrona no seu lugar original e saiu sem se preocupar em fechar a porta. Dinarte releu a papeleta, que pareceu lhe dar um norte e certa confiança. A liberdade e a perspectiva de ação vibravam em sua mente. Pensou em Pascoal, que afinal o havia colocado numa posição delicada. A confusão foi se dissipando, e a exigência de um firme curso de ação o estimulava.

Quando retornou com uma bandeja, Edmundo encontrou Dinarte de pé e preparado para a peripécia. Enquanto o hóspede se alimentava, Edmundo orientava sua fuga:

— Você vai descer pelas escadas. Elas são separadas dos elevadores, você só cruzará com alguém que esteja retirando lixo para os cestos grandes. Então, na metade de cada lance de escada, tente ouvir algum barulho. Se não ouvir nada, vá em frente. Não saia no térreo de jeito nenhum. Vá até o primeiro subsolo, e ali tenha cuidado, esconda-se, não ande para lá e para cá se tiver movimento de gente ou de carro. Perto da saída da garagem tem um cordão pendurado, vindo do teto. Puxe esse cordão que o portão da garagem vai abrir. O porteiro poderá ver você quando sair: você deve sair *correndo*. Amarre sua camiseta na cintura e corra com firmeza, mas não como quem está fugindo, e sim como quem está se exercitando. Na calçada, saia para a esquerda. Você vai correr dois quarteirões e virar à direita. Ponha de volta a camiseta e entre no shopping, é o jeito de você se misturar. Circule lá dentro por uns quinze minutos e saia pelo outro lado. Aí você já pode ir até a redação. Aqui está um pouco de dinheiro, pegue um táxi. Dá também para pernoitar num hotel no centro.

Dinarte esforçou-se para memorizar todos aqueles passos, mas não pediu que Edmundo os repetisse. Levantou-se e foi com ele até a porta da frente. Edmundo a abriu, verificou que não vinha ninguém e deu espaço para Dinarte, que o cumprimentou com certa displicência e saiu depressa pela porta corta-fogo.

Dinarte desceu quatro andares com rapidez contínua e irrefletida, até que notou um dos cestos de lixo e recordou-se da precaução sugerida por Edmundo. Fez os sete lances seguintes com mais vagar e, sem ter nenhum percalço, chegou depressa ao subsolo.

Antes de empurrar a pesada porta para sair, entreabriu uma fresta e observou. Apesar da mira limitada, percebeu que não havia movimentação na garagem. Avançou com confiança e, assim que pôs os pés no hall, deparou com um silencioso casal aguardando o elevador.

Eles olharam para Dinarte com natural surpresa e não o reconheceram. Dinarte sorriu, acenou para eles com tranquilidade e caminhou com firmeza para a garagem. Assim que pressentiu um leve suspiro do homem, voltou-se antes que pudesse ser interpelado, falando primeiro:

— Desculpem, mas vocês são do décimo terceiro andar?

— Não.

— Ótimo. Estamos vendo um vazamento no banheiro do décimo quarto, o apartamento do "seu" Pedro, e com medo de que possa ter alguma infiltração embaixo. Mas assim que eu voltar vou lá verificar isso, obrigado.

Dinarte parou de falar quando percebeu o elevador chegando, e voltou-se para seguir seu caminho. Percebeu que atrás de si o casal subia no elevador em silêncio. Feliz, encontrou a cordinha da porta da garagem, puxou-a e, assim que a placa escorreu para o lado, ele começou a correr para a calçada, de camiseta e tudo.

31

Boden encontrou um cenário dramático quando entrou no apartamento de Eugênio, no décimo andar. Pedro Lanete agitava o corpo para lá e para cá, falando atabalhoadamente diante de um Edmundo sentado com a cabeça escondida pelas mãos. Eugênio, apoiando-se com o braço esticado numa parede, acompanhava a movimentação do chefe com olhos arregalados. Liza de Rosa tinha um semblante constrangido, sentada ao fundo da sala. Apenas Gustavo, aparentando alguma tranquilidade, notou Boden e dirigiu-se a ele:

— Seu amigo Dinarte fugiu... Mas o que aconteceu com você?

Com uma marca roxa na região do pescoço e uma faixa enrolada prolongando-se do punho ao cotovelo do braço esquerdo, Boden informou com desinteresse que tinha sofrido uma queda e exigiu mais informações sobre Dinarte.

— Para saber o que aconteceu — Gustavo respondeu, sarcástico — pegue a próxima sessão de reclamações do Pedro... ele pergunta seguidamente o que o Edmundo fez...

Boden ouviu Edmundo explicar que tinha acabado de levar o lanche para Dinarte quando não se sentiu muito bem. Percebeu que ia vomitar. Saiu do quarto correndo e foi para o banheiro. Bateu a porta e virou a chave, porém a urgência do engulho devia ter atrapalhado o movimento. Com a fechadura destrancada e o vigia em apuros, Dinarte teria aproveitado para escapar.

Gustavo disse a Boden que o doutor Hugo e a doutora Paula tinham saído para a dificílima missão de procurar por Dinarte.

Boden, apesar de seu vibrante pressentimento no rapel, não experimentou alívio pela notícia da fuga de Dinarte. Era para ele imprevisível o que o amigo poderia fazer com a liberdade e tantas informações. Além disso, embora Pedro Lanete lhe parecesse genuíno em seu volteante desespero, Boden não enxergava a mesma autenticidade em Edmundo. Seu relato não era esquisito como a verdade. Suas frases tinham todas as palavras, suas palavras tinham todas as letras. Boden aproveitou uma pausa do exausto contestador para perguntar a Edmundo:

— Você já está melhor?

— Como assim? — Edmundo devolveu, mantendo a expressão desolada.

— Do estômago. Está bem agora?

— Nem estou pensando mais nisso.

— Por que você vomitou? — Boden insistiu: — O que é que fez mal a você?

Pedro suspirou para Boden com certa irritação, mas Edmundo esforçou-se para responder:

— Eu não sei, alguma coisa do almoço.

— O que você comeu?

— Churrasco.

— Você costuma passar mal assim? Ou acha que tinha alguma coisa estragada na comida?

— Por que você está fazendo essas perguntas? — interrompeu Pedro.

— Para tentar entender o que aconteceu.

Diante de novas lamúrias de Pedro, Boden resolveu encerrar o interrogatório. Pensou em examinar o quarto onde Dinarte havia ficado. Lá dentro encontrou Pascoal debruçado na janela.

— Foi você que ajudou o Dinarte a fugir? — perguntou Boden, com um tom acusador.

Pascoal voltou-se para Boden e replicou serenamente:

— Primeiro estavam desconfiados de que tivesse sido você, mas eu mesmo garanti que não foi — replicou Pascoal.

— Então foi o Edmundo. Como é que eles engolem tanta mentira? Ele está inventando aquela história toda.

— Ele deve estar inventando aquilo só para parecer menos negligente do que foi. Mas de propósito é impossível que ele tenha feito.

— Por quê?

— Ele é quem trabalha mais duro para o segredo — Pascoal respondeu. — Mas não sei por que o Dinarte fugiu. Eu conversei com ele ontem à noite, eu o tranquilizei e disse o que aconteceria. Ele ia ficar muito tempo neste apartamento, quase um membro não-tratado da Luggnagg. Um apêndice, que ninguém ia convencer a mudar de opinião. Então nós, defensores da universalização, iríamos usar o caso dele como uma bandeira.

— Não sei se isso daria certo — falou Boden. — Aliás, se quer saber o que penso: cheguei à conclusão de que ele acabaria sendo assassinado.

— Impensável.

— Não oficialmente pela organização. Não em nome dela. Mas alguém agindo por conta própria.

Pascoal não comentou. Boden verificou a porta do cômodo, procurando algum sinal de força ou qualquer dano, mas não encontrou. Foi à janela e esticou o tronco para fora, olhando para baixo, como se receasse encontrar o corpo do amigo estirado no chão lá embaixo. Num canto do quarto, observou uma blusa que Dinarte trazia consigo, mas não tinha se preocupado em levar na fuga.

A bandeja sobre a mesinha chamou mais a sua atenção. Lembrou que Edmundo havia dito que trouxe o lanche e correu ao banheiro para vomitar. Mas a refeição havia sido terminada.

— Foi você que comeu as coisas da bandeja? — perguntou a Pascoal.

— Não.

— Ele comeu tranquilamente, está vendo? Não teve pressa para aproveitar a negligência do Edmundo. Comeu tudo. Até mesmo o suco — Boden apanhou o copo, assustado. Aproximou-o do nariz e cheirou seu conteúdo residual. — É suco de laranja. Mas por que ele tomou?

— Qual o problema? — perguntou Pascoal.

— Eu vi que ele não estava tomando suco. Pedia água. Tinha medo de colocarem alguma coisa no suco, que pode disfarçar o gosto de alguma substância. — Boden refletiu em silêncio, depois continuou: — Veja, são duas coisas que não fazem sentido. Ele ter tomado o suco é uma, ele ter conseguido fugir é outra. Ele não teria bebido, nem conseguido fugir. Pascoal, qual a ligação entre o Edmundo e a Liza?

— Ligação?

— Trabalham juntos?

— Trabalham, claro, são defensores do segredo. O Edmundo faz o monitoramento eletrônico.

— Certo. Você pode me fazer um favor muito importante? Pegue uma garrafa de água na cozinha e volte para cá com o seu pai e o Edmundo. Somente eles.

Enquanto Pascoal cumpria seu pedido, Boden permaneceu ali no quarto, agitado pela angústia da incoerência. As notas não se harmonizavam, produzindo uma dissonância desagradável em seu espírito. O cientista Boden imaginou uma hipótese e deduziu uma experiência para testá-la. Precisava agir com rapidez e sem interrupções, para evitar que as respostas pudessem ser dissimuladas.

Assim que Pascoal voltou trazendo Pedro e Edmundo, ele fechou a porta e foi incisivo:

— Edmundo — começou, apontando para a mesinha —, esta foi a bandeja de comida que você trouxe para o Dinarte, certo?

— Foi.

— Você percebe que ele bebeu todo o suco de laranja?

— Parece que sim.

Boden jogou um pouco de água no copo usado e sacudiu para misturá-la bem com os resíduos da fruta.

— Por favor, beba.

Edmundo respondeu com uma pronta expressão de repulsa:

— Por que você quer que eu beba isso?

— Para ter certeza de que não tem nenhum veneno aqui.

— Eu não pus veneno nenhum!

— Então beba!

Edmundo pegou o copo e aproximou-o do nariz:

— Agora isso vai estar com gosto de água suja.

— Quer pôr mais suco, mais açúcar também? Pode pôr. Mas você precisa beber.

Edmundo cheirou de novo o líquido e ameaçou beber. Encostou os lábios na borda do copo, mas se recusou a entorná-lo. Dando um passo lento, numa postura pensativa, pousou o copo de volta na bandeja e falou em tom brando:

— Eu não pus veneno neste copo.

— Então quem foi que pôs?

Edmundo não respondeu. Com os olhos sérios e a expressão muito cansada, ele apenas abaixou a cabeça.

— Você acha que a Liza beberia? — Boden insistia.

Edmundo arregalou os olhos:

— Pergunte para ela!

Boden pegou o copo e fez um sinal para que o seguissem. Mal esperou que todos estivessem na sala para abordar Liza:

— Está vendo este copo? Tinha os restos do suco que o Dinarte bebeu. Eu completei com água na frente do Pedro, do Pascoal e do Edmundo. O Edmundo não quis beber, o que é a prova de que ele envenenou Dinarte. Você está envolvida nisso? Onde o corpo foi escondido?

Antes que Liza respondesse, Eugênio antecipou-se:

— Não tem corpo nenhum, Boden. Calma. O Dinarte *fugiu*. Ele foi visto por dois amigos nossos lá na garagem, e depois pelo porteiro também.

Boden ficou perplexo e, em seguida, feliz. Voltou a pensar em Dinarte vivo. Mas, enquanto Liza emitia um monossílabo sarcástico, uma onda de terror escorreu por suas faces.

— Covarde... — ele murmurou, antes de insistir convicto. — Covarde! Covarde! — gritou enfim, e jogou-se sobre Liza para agredi-la. Todos se moveram prontamente para impedir o ataque, mas a vítima, em seu recuo defensivo, havia deslizado e tombado ao chão, de onde com grande espanto ouvia Bruno Boden berrar a toda voz: — Você deu superbrometalina para ele! Para ele morrer longe daqui! Covarde! Covarde!

32

A presença absoluta da noite assombrou o desorientado Dinarte, que saía da redação do jornal com uma leve dor de cabeça e uma sensação absurda de frio naquela atmosfera abafada. Não havia podido compreender a informação de que o jornalista Marcus estava de férias, em viagem fora do país. Edmundo não saberia disso?

Dinarte largou o corpo num banco de praça e inflou os pulmões de maresia. Edmundo não poderia não saber. Havia garantido que Marcus estaria trabalhando.

O descanso de alguns minutos lhe fez bem, seu sangue se aqueceu e as ideias se realinharam em sua mente como crianças saudáveis se aprontando para a merenda. Mas dessa lucidez renascida não surgiu nenhuma decisão. Voltar ao prédio não era sensato. E entrar em contato com Edmundo era impraticável.

Na calçada da praça, uma mulher que passava chamou sua atenção. Ela usava biquíni num horário em que os banhistas já haviam se recolhido. Caminhava sozinha, não carregava nada nas mãos e movia-se lentamente, como se não tivesse destino, apenas existência. Exibia pernas brancas de quem nunca tomou sol. Essa criatura improvável virou o pescoço e olhou diretamente para Dinarte. Assim que o viu, mudou de direção para aproximar-se dele.

Ele sentiu esfriar-se de novo. A mulher era linda como uma rainha de sangue azul e encarava Dinarte com o sorriso de quem planeja devorar suas vísceras. Sem suportar a afronta, ele virou o rosto para o lado, fechou os olhos levemente e suspirou, mas irresistivelmente voltou-se de novo para a mulher.

Ela não estava mais lá.

Dinarte levantou-se depressa do banco, rastreou o entorno e se aproximou de um casal que conversava de pé, meio abraçado, perto da cerca do jardim:

— Com licença — ele se intrometeu. — Desculpem.

— Oi — falou-lhe o jovem, levantando as sobrancelhas diante do silêncio de Dinarte.

— Eu me enganei — Dinarte sorriu ao ouvir aquela voz real. — Desculpem.

Dinarte não se recordava de ter experimentado uma alucinação alguma vez. Quando era adolescente, houve uma noite em que sentiu, no quarto bem escuro, um vulto se movimentando a seu lado. Advertiu o irmão de que era perigoso ele se levantar sem acender a luz, mas o irmão falou que continuava deitado. Teria sido uma simples impressão, ou um motivo para acreditar em fantasmas?

Ali tinha sido diferente. A personagem era inverossímil, mas tinha alguma existência: refletia luz, projetava sombras, movia músculos. E em seguida era apenas uma miragem.

No primeiro bar, comprou um copo de água e tomou uma decisão. Estava ainda do lado da redação do jornal. O projeto inicial era chegar ao interlocutor-alvo específico, que tinha as qualidades mais adequadas, segundo Edmundo, para aquele propósito. Com o insucesso, e naquela situação, o melhor improviso seria expor o caso para outro jornalista.

A simpática recepcionista na entrada do prédio, uma morena rechonchuda, ignorou Dinarte enquanto teclava em seu celular com muita animação e um sorriso malicioso. Ele percebeu adiante, na sala anexa, que alguns jornalistas gesticulavam com grande entusiasmo, como se tivessem acabado de receber uma notícia alarmante. Quando a moça se desculpou apressada para atendê-lo, Dinarte já sabia quem procurar:

— Minha cara, você me disse que o Marcus está de férias. Então, por favor, qual daqueles ali é mais ligado, mais amigo do Marcus?

— Aqueles quem?

Dinarte apontou:

— Aqueles da sala ao lado.

Ela esticou o pescoço:

— Não tem ninguém na sala ao lado. O pessoal de plantão está no andar de cima.

Dinarte contornou o vexame com elegância, costurando uma explicação extravagante. Esqueceu Marcus, parou de preocupar-se com os jornalistas reais ou fictícios, e moveu-se para a porta lentamente. Testava o equilíbrio embora não se sentisse tonto. Pensou se os degraus eram verdadeiros e lembrou-se de que eram. Mesmo assim avançou com a ponta dos pés.

Bem adiante, na calçada, avistou o amigo Bruno. Chacoalhou a cabeça. Fechou os olhos com força para que a visão desaparecesse. Quando abriu de novo, Boden estava a apenas dois passos dele, encarando-o com uma expressão de urgência.

Tristemente não podia mais confiar em Bruno, um defensor do segredo da elite. Ao ver que a alucinação era feita de carne, Dinarte inspirou forças contra sua prostração e escapou correndo pela calçada.

33

Na escrivaninha de seu dormitório, Pascoal entretinha-se com folhas mal iluminadas. Fazia algumas horas naquele domingo tumultuado que ele vinha refletindo de lápis à mão, com desenhos, frases, quadros e outros rabiscos.

Num papel avulso, destacado à sua esquerda, podia-se ver a palavra LUGGNAGG seguida de uma seta para a expressão "não cometeu". Outra seta que saía do mesmo ponto levava a "criou todas as condições". Em outras páginas, muitas das linhas ainda frescas já haviam sido riscadas. Pascoal podia adotar e abandonar uma ideia no decurso de um minuto. Mas na revisão seguinte ele já não sabia se a verdade era o que estava claro ou o que estava borrado.

Pascoal levantou-se da cadeira com os papéis inconclusos, mas de alma pronta. Guardou tudo numa gaveta trancada e saiu do quarto.

Muita gente circulava entre a sala e a cozinha, quase todos tomavam café ou comiam bolinhos. O doutor Hugo e a doutora Paula já haviam desistido da busca pelo fugitivo e estavam presentes. Ninguém tinha notícias de Boden, que havia arrancado de Edmundo as orientações passadas a Dinarte e então saído para tentar salvá-lo. Levantando uma voz bem clara, Pascoal teve gosto em dizer:

— Essa aparência apreensiva de vocês é porque o Dinarte fugiu? Ou é medo de que o Bruno *consiga* entregar a ele o antídoto?

O ataque demorou a ser compreendido. Ninguém pareceu afetado até que Pedro tomasse a iniciativa de protestar:

— Eu *espero* que o Bruno dê o antídoto para o Dinarte e evite essa tragédia.

Pascoal olhou para Edmundo, que sorvia tranquilamente de sua xícara, perto do vidro da varanda. Liza não estava à sua vista. Ele se dirigiu a Gustavo:

— Gostaria de fazer uma pergunta ao nosso advogado — sua ironia solene atingia os demais como alvos secundários. — A pergunta é de natureza ou prática ou filosófica, não sei bem. Caso o amigo Dinarte tome o antídoto a tempo, poderemos ainda dizer que houve um assassinato?

Gustavo ponderou antes de tudo se deveria conceder uma resposta. Não falou nada e apenas devolveu um olhar meditativo.

— Porque eu acho a situação peculiar — Pascoal continuou. — Na prática, já houve um assassinato. O que vai acontecer agora, na *melhor* hipótese, poderia muito bem ser chamado de ressuscitação.

— Não tem mistério nenhum — Gustavo resolveu participar depressa, antes que as palavras de Pascoal ecoassem —, chama-se "tentativa de homicídio", de qualquer maneira.

— Ainda não sabemos se a palavra "tentativa" poderá ser usada neste caso. Mas estamos todos torcendo para que sim. E um aspecto positivo é que as autoridades nunca ficarão sabendo de tudo o que aconteceu, não é?

Pascoal passou à cozinha, onde encontrou Liza sentada à mesa do café. Havia migalhas de pão na toalha bem à sua frente e um pote de manteiga ainda aberto, mas ela já não comia: uma xícara com chá pela metade aguardava sua decisão.

Ele se aproximou calado e sentou-se para se juntar a ela fazendo movimentos lentos e pacíficos. Ela manteve a mesma posição e o ar absorto. Sem olhar para ela, Pascoal pegou uma bolachinha doce do pote e perguntou em voz baixa:

— O Bruno levou o antídoto já com ele?

Liza afinal piscou, deixou o olhar escapar para Pascoal durante um nanossegundo e respondeu, voltando-se para beber do chá:

— Já.

— O Dinarte precisa tomar o quanto antes, não é?

— É o melhor.

Liza lhe pareceu prostrada. Pascoal tentava entender se ela se sentia envergonhada por ter sido flagrada na prática de um crime ou se estava deprimida por ter falhado mais uma vez.

— Como é esse veneno? — ele prosseguiu.

Para poder pronunciar menos sílabas, ela tirou do bolso da calça para mostrar-lhe um pequeno frasco, que parecia um perfume sofisticado. Pôs o objeto na mesa sem fazer nenhum caso, e Pascoal o apanhou.

Ele agitou o vidrinho diante dos olhos para observar a consistência do líquido. A substância era algo esverdeada e um pouco viscosa. Era uma novidade para Pascoal, mas não para Boden, que havia deduzido que Liza, bióloga experiente e com grandes conhecimentos de química, havia utilizado a superbrometalina, substância tóxica de circulação estritamente acadêmica, para matar aquele animal incômodo que ameaçava empestear a Luggnagg.

— A pessoa morre em cerca de 24 horas?

— Sim — ela confirmou.

O líquido estava pela metade. Pascoal concluiu que a outra parte andava naquele momento agindo sub-repticiamente no organismo de Dinarte, perdido em algum lugar da cidade.

— O antídoto realmente pode salvá-lo?

Liza chegou a pensar que, quanto mais tempo levasse para responder, mais tempo demoraria para que ele fizesse outra pergunta.

— É um bom antídoto.

— Se chegar até o Dinarte, ele vai sobreviver?

— Vai.

Pascoal deixou o frasco em cima da mesa. Decidiu ser mais incisivo, encarando Liza:

— Você sabe o que significa sua atitude com aquele Edmundo? O fim da ética na Luggnagg. Nós nos tornamos uma máfia: agora os fins desejados justificam qualquer meio necessário.

— Eu só precisava consertar um erro — ela falou molemente.

— Você ainda acha que o segredo é correto? — Pascoal continuou, um tom acima. — Antes eu já não achava, mas pelo menos respeitava como uma decisão institucional que tinha suas alegações e que na prática se sustentava. Agora, para mim, o respeito se foi.

Liza replicou, mais ativa:

— Foi um fato isolado, e não institucional.

— Eu nunca vou aceitar essa explicação! Cada coração dentro desta casa está agora lamentando e aplaudindo esse acontecimento. Lamentando porque não posso acreditar que qualquer uma dessas pessoas realmente se satisfaça com a atitude conscientemente planejada de tirar a vida de alguém. Mas também aplaudindo, porque sentem que pelo menos se livrarão de um problema que parecia incontornável. Mas podem esquecer! Eu prometo ser um problema muito pior do que o Dinarte. Eu quero a universalização, e eu quero agora.

Vendo Pascoal em êxtase, Liza não lhe deu a satisfação de uma resposta imediata. Controlou-se, mantendo a expressão algo entediada, e perguntou disfarçando o cinismo:

— O que você vai fazer?

Pascoal apanhou de volta na mão o vidrinho de veneno, abriu a tampa agilmente e derramou seu conteúdo dentro da boca bem aberta.

— É isso o que vou fazer! — exclamou, depois de engolir a substância.

Pedro Lanete emergiu à porta da cozinha atraído pela exaltação das vozes, chegando a tempo de ver a expressão de horror no rosto de Liza:

— Por que você fez isso? — ela perguntou.

— Eu só vou tomar o antídoto se a organização aceitar e der o primeiro passo para a universalização. Vocês têm pouco tempo para isso.

34

Intoxicado, Dinarte não tinha como escapar pelas calçadas úmidas da noite de Recife. A queda sofrida e suas dores não haviam imobilizado Boden. Ele precisava salvar o amigo, e foi apanhá-lo, ambos ofegantes, perto da margem do largo rio que corta a capital pernambucana.

— Por que você me seguiu? — Dinarte perguntou, desvencilhando-se das mãos de Boden e guardando maior distância.

— Eu não segui você, Dinarte. Você precisa me ouvir.

— Você me seguiu.

Dinarte rastreava continuamente o entorno, temendo que outros integrantes da Luggnagg estivessem por perto.

— Mantenha a calma e me ouça. Eu estou sozinho, ninguém veio comigo.

— Como você me encontrou?

— Eu descobri que o Edmundo deu a você um veneno de ação retardada e o ajudou a fugir. Você precisa tomar isto aqui, é o antídoto para anular o efeito do veneno.

Boden apresentou um vidrinho para Dinarte.

— Não estou entendendo.

— Você está bem? Não está sentindo nada estranho?

Dinarte abaixou a cabeça. Piscou com um suspiro longo, porém Bruno continuava como uma visão palpável diante dele. Mas o próprio mundo não poderia ser irreal? Ele tinha mesmo irmão e pais numa cidade distante? Tinha sentimento e desejos? Existia mesmo uma instituição secreta que ampliava a vida dos escolhidos e tentava agora reduzir a dele?

— Comecei a ver pessoas que não existem.

— É alucinação. Efeito da droga.

— Mas eu gostei. Pessoas que me pareceram mais agradáveis e leais do que as verdadeiras.

— Beba isto logo, Dinarte!

— Eu quero saber como você me achou!

Boden tropeçou nas sílabas para encurtar a história completa. Explicou, tentando não ferir a sensibilidade do amigo, que ele só tinha saído do prédio porque tomou o suco de laranja com superbrometalina, veneno que o faria morrer, como um indigente nas ruas de Recife. Um legista indiferente atribuiria causas naturais ao óbito, que jamais seria imputado à Luggnagg. Mas ele, Boden, tinha conseguido descobrir tudo e estava ali para ajudá-lo.

Dinarte pela primeira vez aceitou aproximar-se de Boden. Pegou o frasco da mão do amigo e, ainda sem beber o líquido, falou:

— Você está saindo da organização, Bruno?

— Não, eu não tenho como sair. Vou fazer muita coisa lá dentro, e lutar para que a universalização seja feita o quanto antes. Prometo isso a você.

— E o que você quer que eu faça?

— Antes de mais nada, tomar o líquido de dentro desse vidrinho.

Dinarte não tomou:

— Então realmente tentaram me matar?

— Eu lamento, mas foi o que aconteceu. Estou aqui para desfazer isso.

— E o que vai acontecer quando eu tomar isto aqui?

— Você vai salvar sua vida. E, depois, o melhor é você voltar para Ribeirão Preto. Eu vou lhe dar dinheiro. Mais do que eles tinham prometido a você. Não é um empréstimo. É para você resolver sua situação e construir alguma coisa.

Dinarte piscou os olhos, com uma careta:

— Estou sentindo uma dor aqui...

— Tome logo isso!

— Tem certeza de que é seguro?

— É a única coisa segura!

Ele abriu o vidro e entornou a substância em sua língua. Tomado de um arrepio, engoliu tudo e tossiu muito forte. Seus olhos ficaram vermelhos:

— Vai ficar tudo bem comigo?

— Agora sim, vai.

Dinarte repôs o frasco na mão de Boden, aproveitando para tocá-lo e sentir o calor do amigo:

— Eles vão vir atrás de mim? Vão continuar tentando me matar?

Boden desviou o olhar para o rio, as águas que passavam, um barquinho maroto com um tripulante solitário:

— Eu não sei, Dinarte. Estarei lá para impedir. Mas você precisa se cuidar. Vá para casa, não diga nada para ninguém, não conte para absolutamente nenhuma pessoa sobre a organização ou o que aconteceu aqui. Pague suas contas e siga a sua vida.

— Mas... e nós dois?

Boden acenou positivamente com a cabeça:

— Estaremos juntos, como sempre.

— Será que estaremos juntos... daqui a duzentos anos?

— Tenho certeza de que sim.

Dinarte avançou para enlaçar Boden, que o tomou junto ao peito com braços fortes. Sem o deixar desgarrar-se, Dinarte se afastou para dar ao amigo um olhar de gratidão e de medo. Chacoalhou a cabeça afastando a ideia de que poderia ser a última vez que o via, e o apertou novamente.

Depois de receber algumas cédulas graúdas e mais dois ou três conselhos, Dinarte saiu caminhando para além de um Boden meditativo, que o viu entrar num táxi e virar duas esquinas adiante, em direção ao aeroporto.

35

No meio da grande agitação que Boden encontrou no apartamento de Pedro Lanete ao voltar, Eugênio lhe explicou que Pascoal havia tomado uma dose de veneno maior que a dada a Dinarte. Ninguém compreendia aquele rompante suicida de um caráter tão pensador e sereno.

— Agora ele quer mostrar do que é capaz — sugeriu Boden.

Esqueceram de lhe perguntar sobre Dinarte, mas Pascoal queria saber. Trancado em seu quarto, ao redor de cuja porta orbitava seu pai, de olhos vermelhos, além dos vários outros inertes membros da organização, ele exigia, antes de mais nada, que Boden fosse sozinho até ele assim que chegasse.

Boden apresentou-se diante do quarto fechado, e Pascoal permitiu com cautela sua entrada:

— Como está o Dinarte?

— Tomou o antídoto, nada de mau vai acontecer.

— Eu me sinto culpado, culpado, culpado.

Boden não compreendeu esse modo de falar.

— Você sabe que não é culpado, Pascoal.

— Culpado, culpado.

— Vamos ser razoáveis agora? Eu vou apoiar você nas questões da universalização. E você é muito importante, não brinque com isso. Tome já o antídoto.

— Não. Eles já entraram em contato com Sidney para explicar o que está acontecendo?

— Como você quer que eles resolvam a situação com uma pressão como essa?

— Sem pressão é que não resolveram. — Pascoal sentou-se em sua cama. — Estou sentindo uma tontura diferente. As coisas não estão girando, parece que elas estão se afastando...

Pascoal apertou os olhos. Boden se alarmou:

— Você tomou uma dose maior de veneno! Precisa tomar o antídoto logo!

— Mentira da Liza — ele respondeu, ainda com olhos fechados. — O frasco estava pela metade, a outra metade ela deu para o Dinarte.

— E quem lhe disse que o frasco tinha de estar cheio antes disso?

Pascoal acenou a cabeça:

— É só iniciarem a universalização que eu tomo o antídoto. — Ele voltou a abrir os olhos: — Você está se afastando...

Boden aproveitou a fraqueza súbita de Pascoal para avançar até a porta atrás dele e destrancá-la. O quarto foi rapidamente invadido.

Boden, Gustavo e Eugênio o cercaram e não tiveram dificuldade para imobilizá-lo. Liza surgiu com o antídoto na mão e apertou o nariz de Pascoal, que abriu a boca em desespero e recebeu em sua língua, com espirros pelo nariz e pelos lábios, a substância salvadora.

Depois que Pascoal havia ingerido o antídoto, todos relaxaram expectantes em torno dele. Pascoal levantou-se devagar, titubeando com os olhos fechados e girando ao redor. Ao abrir os olhos, soltou um grito e fechou-os novamente. Em seguida seu tronco foi sacudido com força por três vezes até que ele derramasse em um vômito o conteúdo asqueroso de seu estômago.

No corre-corre que se seguiu a esse terrível espetáculo, enquanto o punham de volta na cama e improvisavam limpezas e outras providências, as vozes debatiam se o antídoto ou o próprio veneno estariam agora sem efeito no organismo.

— Por esses sintomas, acho que o veneno já está fazendo algum efeito — Liza explicou —, e o antídoto é que foi posto para fora.

— Então lhe dê mais!

— Preciso ir buscar na faculdade!

Pedro gritou incrédulo:

— Então vá!

Pascoal abriu os olhos, enquanto Liza sumia pela porta:

— Por que vocês estão tão longe de mim?

O doutor Hugo Freitas se curvou até ficar com o rosto bem próximo ao de Pascoal:

— Você está me vendo perto agora? — perguntou.

Pascoal gemeu, balançando a cabeça para cima e para baixo.

— Parecem sintomas da doença da dona Evelina — o doutor afirmou.

O barulho de incrédulos que se sucedeu acabou incomodando o doutor Hugo, que preferiu assumir o controle da situação. Alegou a urgência de quietude para o enfermo e isolou o quarto, mantendo apenas a doutora Paula e admitindo Boden como única exceção, a pedido do jovem.

O médico ajudou Pascoal a acomodar-se na cadeira da escrivaninha. Ordenou Boden e a doutora Paula a ficarem fora do campo de visão dele:

— O essencial agora é o antídoto — explicava. — Mas, se ele está manifestando sintomas de confusão temporal como a dona Evelina, posso ter que tomar algumas medidas paliativas complementares enquanto o veneno ainda estiver em efeito.

Ele voltou-se para Pascoal. As pupilas agitadas do médico podiam indicar vigorosa atividade cerebral, mas a distensa curvatura muscular na região da mandíbula demonstrava a segurança de sua experiência clínica:

— Abra os olhos — o doutor Hugo falou, começando a fazer uma espécie de dança frenética. Pascoal o encarou com uma feição indiferente e em seguida fechou os olhos novamente. — Abra de novo! — Mas desta vez ele se manteve parado, e o paciente deu um grande grito, tapando o rosto com as duas mãos.

O doutor Hugo explicou que precisava lhe dar um calmante e alguns remédios para que o estômago aceitasse o antídoto. A doutora Paula saiu para providenciar as medicações. O doutor Hugo pediu que Boden ficasse na companhia de Pascoal enquanto ele transmitiria orientações aos que esperavam fora do quarto, para poder readmiti-los ali dentro.

Boden deu um olhar consternado para Pascoal:

— Você ficou louco.

— Não tanto quanto a vida — replicou o paciente, as pálpebras delicadamente abaixadas.

— Nós precisamos de você.

— Ninguém precisa de ninguém. E ninguém pode penetrar na solidão primal do outro.

— Você está correndo risco de vida.

— Ela nunca foi eterna.

A calma de Pascoal impugnou o desenrolar do tempo. Boden o observou longamente com uma importuna compaixão.

— Piedade, Bruno? — ele captou a afeição. — Não pensei que tivesse esse sentimento. Só porque eu vou viver, digamos, trinta vezes menos do que poderia?

— Acho que é por seu pai.

Pascoal abriu os olhos. Não lhe sobreveio o tormento de sua nova condição, mas alguns segundos depois suas pálpebras caíram de novo, providentes.

Depois de um silêncio consentido, a porta do quarto voltou a se abrir. A doutora Paula apareceu na frente, enérgica ao lado do doutor Hugo, enquanto os curiosos se avolumaram comportadamente nas imediações da entrada.

— Preciso lhe aplicar esses remédios — ela avisou.

Pascoal ingeriu um líquido rosado e deu o braço a ser espetado por uma agulha. A doutora Paula ajustou o equipo na sacola de soro e a pendurou no prego de um quadro que removera da parede. Um breve refluxo de sangue deslizou para dentro do duto visível, mas, quando os pingos do soro se aceleraram, Pascoal recebeu de volta seu fluido e com o tempo foi se acalmando e desfrutando do silêncio em sua volta.

— Eu não abri os olhos — ele falou, sereno, em certo momento. — Por que estou enxergando?

— O que você está enxergando? — perguntou o doutor Hugo.

Pascoal sorriu:

— Estou vendo o meu avô Lanete. Oi, vô. Primeira vez que o vejo sem ser por foto antiga!

Pedro sussurrou para o médico:

— Isso é uma alucinação?

— Não, pai — Pascoal interveio —, não é uma alucinação. Mesmo com os olhos fechados, estou vendo o vô aqui neste quarto. Outras pessoas estão com ele... estão sorrindo para mim, mas eu não conheço. Sabem quem estou vendo também? Sua avó, Bruno. Eu estou vendo sua avó!

O aturdimento calado dos convivas não reprimiu Boden, que patenteou seu espanto dando um passo à frente.

Viu-se entregue à procura da lógica naquela revelação. Pascoal não tinha uma imagem de sua avó para poder reconhecê-la. E uma alegação espiritual não podia ser sustentada, uma vez que, se o avô Lanete estava morto, sua avó ainda não. Boden ficou arrepiado e viu-se em certo vexame diante de si mesmo em razão da segunda ideia, já que, afinal, não tinha crença alguma em espíritos...

— Sua avó está lhe dando "oi", Bruno — Pascoal insistiu. — Ou se despedindo, não sei direito. Mas ela está bem... só vocês estão tristes. Eles todos estão sorrindo bastante para mim.

Liza irrompia pelo quarto com um novo frasco na mão.

— Pascoal, beba isto — apressou-se o doutor Hugo, oferecendo-lhe o líquido. Mas o paciente se recusou a pegá-lo:

— Não quero tomar nada. Estou muito bem assim. Estou partindo para um lugar em que existe alguma alegria.

— Preciso de ajuda — o médico pediu, enquanto providencialmente retirava o soro do paciente.

Eugênio e Gustavo se adiantaram para pegar os braços de Pascoal mais uma vez, mas Boden interferiu:

— Não! Deixem ele em paz!

Os homens ficaram atônitos por pouco tempo, diante da intempestiva condescendência de Boden.

— Tirem o Bruno daqui — solucionou Pedro.

Numa breve luta, Edmundo conseguiu afastar Boden do cenário de ações, enquanto Gustavo e Eugênio dominavam Pascoal, e Liza, mais uma vez, forçava o antídoto na garganta do paciente.

Os minutos seguintes elevaram todas as tensões. Pascoal foi levado de volta à cama no prolongamento de suas convulsões contra o tratamento que lhe davam. Não vomitou, mas babava intensamente e começou a emitir pelo corpo uma grande descarga elétrica. A doutora Paula providenciou um lenço, que o paciente mordia enquanto se revolvia pela cama. Quando o colapso pareceu terminado, o doutor Hugo assustou-se ao verificar o batimento cardíaco do enfermo, e começou a fazer massagens fortes em seu peito.

Pedro retirou-se imediatamente do quarto, o semblante em choque, e rumou para a sala. Sentou-se rigidamente no sofá. De lá ouvia o som abafado dos murros do médico. Escutava também os ruídos breves das pessoas que cercavam seu filho, ansiosas.

Por dois minutos, e depois um terceiro, e mais outro, as paredes retumbavam os esforços vindos lá de dentro. Somente as coisas — um livro na mesinha, o disco de músicas, a estátua de pedra — estavam preservadas do desespero.

De repente, tudo se calou, e Pedro Lanete assistiu imóvel ao desfile lento de seus companheiros que vinham escapando do quarto um a um, até que ninguém mais restasse lá dentro. Encerrava a retirada o doutor Hugo, o rosto em transe e aquele olhar de impotência a que todos os homens estão sujeitos quando devem enfrentar o último degrau da verdade.

Epílogo

O rapaz chegou sozinho, ainda de olhos secos. A placa na antecâmara alinhava nomes e números de salas, uma tabela burocrática privada de sentimentos. Ele recolheu a informação de que precisava e entrou.

Cada sala era uma proeminência retangular enfeitada por coroas de flores, com uma armação no centro para sustentar o esquife. À entrada desse recanto, um pedestal com um livro grosso convidava a uma mórbida lista de assinaturas, e era epigrafada por um recorte de jornal de onde num relance ele entreleu: "... trinta anos, deixa o pai, a mãe e muitos amigos; às 11h parte o féretro da rua...".

Uma mulher exausta, com expressão de total resignação, desgarrou-se da sala ao lado para comentar discretamente com ele:

— Lamento muito sua perda. Que pena, que lástima, uma pessoa tão jovem. É por isso que, apesar da tristeza, a gente consegue se sentir feliz pela vida que meu avô teve. Quase noventa anos, um tempo longo, uma existência de muita gratificação.

O rapaz suportou as dezenas de minutos que se seguiram, até que alguém puxou uma oração enquanto se fechava a tampa. O cortejo saiu em seguida, vários homens fortes se revezavam na condução manual do ataúde, que atravessou a rua e adentrou o campo-santo com o vagar prescrito à solenidade. Discreto no fim do séquito, ele sentiu uma serpente curta roçar seus pés e escapar entre as ervas mais altas que circundavam os túmulos.

Um jovem, que parecia irmão do defunto, era o que mais chorava quando as cordas abaixaram o caixão e a cova começou a ser preenchida. A presença silente de todos os demais exprimia o choque diante de um acontecimento que não lhes parecia ser natural.

Um homem desse grupo atônito o percebeu mais atrás e retornou. Aproximou-se dele. Tirou do bolso um telegrama e lhe transmitiu:

— Lamento, sua avó também morreu ontem.

E aquele papel pesou em suas mãos, como uma tábua da nova lei.